# 为新时代塑像

## 郑晋鸣笔下的时代楷模

（精装版）

郑晋鸣◎著

古吴轩出版社　光明日报出版社

图书在版编目（CIP）数据

为新时代塑像 ：郑晋鸣笔下的时代楷模 ：精装版 / 郑晋鸣著. -- 苏州 ：古吴轩出版社 ；北京 ：光明日报出版社，2021.6
ISBN 978-7-5546-1771-7

Ⅰ. ①为… Ⅱ. ①郑… Ⅲ. ①纪实文学—作品集—中国—当代 Ⅳ. ①I25

中国版本图书馆CIP数据核字(2021)第118322号

责任编辑：李爱华
见习编辑：沈欣怡
责任校对：周　娇
装帧设计：李尘工作室

书　　名：为新时代塑像——郑晋鸣笔下的时代楷模（精装版）
著　　者：郑晋鸣
出版发行：古吴轩出版社
地址：苏州市八达街118号苏州新闻大厦30F　　邮编：215123
电话：0512-65233679　　传真：0512-65220750
出 版 人：尹剑峰
印　　刷：天津图文方嘉印刷有限公司
开　　本：710×1000　1/16
印　　张：19
字　　数：122千字
版　　次：2021年6月第1版　第1次印刷
书　　号：ISBN 978-7-5546-1771-7
定　　价：68.00元

# 郑晋鸣

郑晋鸣，光明日报社江苏记者站站长，高级记者，第十二届范长江新闻奖获得者，享受国务院特殊津贴，二级教授。

曾获“全国百佳记者”“全国优秀新闻工作者”“全国好记者讲好故事十佳选手”“全国新闻出版行业领军人才”等称号；连续多次获得中国新闻奖，入选中宣部“四个一批”人才，中宣部“践行四力”好记者，光明日报首届“十大记者”；2019 年作为全国唯一记者代表，登上“凝心铸魂”彩车，参加国庆游行。

南京航空航天大学硕士生导师、河海大学硕士生导师、南京林业大学硕士生导师、北京师范大学兼职教授。

著有《光明，那一页》（中华书局）、《两个人的五星红旗》（光明日报出版社、江西高校出版社联合出版）、《半生流泪终不悔》（光明日报出版社）、《记者不是官》（河海大学出版社）、《岁月的痕迹》（河海大学出版社）、《六进汶川》。

# 序一：上好“榜样”这一课

中共常熟市委宣传部

常熟，一座历史文化名城，自古崇文重教。

3100多年前，泰伯、仲雍让国南来，成就周朝大业，至德齐山，大道无形；春秋时期，言偃北上求学，位列孔门十哲，文开吴会，道启东南。一个让国南来，一个求道北上，让所当让，求所当求，一舍一取，殊堪矜式。权位为轻，道义为重，正是这样的胸襟气度，给常熟文化植入了优秀的基因。此后的一代代常熟人，受到先贤精神的感召，通过创造性的劳动，铸就了常熟这座江南名城的辉煌。

元代黄公望寄情山水，取虞山之石演绎浅绛之美，高洁淡泊终成画坛巨擘；明代“第一清官”鱼侃断决明允，居官清正，可比宋之包拯；清代铁琴铜剑楼瞿氏五代绵延，藏书、献书对国家文化事业做出重大贡献；及至当代，王淦昌以身许国打造“科技长剑”，终成“两弹一星”元勋、中国核科学的奠基人……“教，上所施下所效也；育，养子使作善也。”常熟人深知，榜样的力量是无穷的，不仅能给人以巨大的心灵震撼，还能使抽象的道德养成变得生动具体。

习近平总书记指出：“中国梦是历史的、现实的，也是未来的；是我们这一代的，更是青年一代的。中华民族伟大复兴的中国梦终将在一代代青年的接力奋斗中变为现实。”而每一名青少年，也只有上好了“榜样”这一课，才能肩负历史使命，坚定前进信心，立大志、明大德、成大才、担大任，努力成为堪当民族复兴重任的时代新人，让青春在为祖国、为民族、为人民、为人类的不懈奋斗中绽放绚丽之花。

国势之强由于人，人材之成出于学。新时代中国特色社会主义教育的根本任务是立德树人。青少年是国家的未来，民族的希望。青少年时期是人生良好品德形成的关键时期，是决定人生道德高低、品性优劣的特殊时期。思想政治教育，是解决好培养什么人、怎样培养人、为谁培养人的重要抓手。思想政治教育用榜样的力量、用“看得见的哲理”教育人、引导人，在塑造青少年正确的世界观、人生观和价值观中起着无可替代的作用。

伟大的时代呼唤伟大的精神，崇高的事业需要崇高的追求。值此庆祝中国共产党成立100周年之际，回望中国共产党带领人民实现“站起来、富起来、强起来”的奋斗历程，审视一个又一个屹立在时代前列的精神楷模，尽管他们的身份不同、时代不同、事迹不同，但都以崇高的精神、感人的事迹、高尚的品德，诠释了社会主义核心价值观、弘扬了中华民族传统美德，为整个社会树立了榜样、确立了标杆，引领、塑定了时代风尚，对中国社会产生了不可估量的示范效应。

“英雄模范们用行动再次证明，伟大出自平凡，平凡造就伟大。”本书集中向大家展示了五位时代楷模的事迹，无论是“两个人的五星红旗”还是“愚公精神的当代传奇”，无论是“在泥土中叩问生命的意义”还是“一位敬老院院长的孝与忠”，抑或是“用生命守望马克思主义阵地”……他们从事着简单的工作，但这种“简单”却在他们日复一日、年复一年的笃行与坚守中，实现了从平凡到不平凡的伟大升华。

平民英雄可敬，凡人善举可学。我们希望通过此书，把这些新时代的楷模，请进中小学的校园，塑进青少年的心田。让青少年感受、敬仰和学习“时代楷模”的道德风范，激发他们对“时代楷模”的情感认同和价值认同，从而引导青少年在内心深处自觉将“时代楷模”作为道德标杆，扣好人生第一粒扣子。

《为新时代塑像——郑晋鸣笔下的时代楷模》的出版得到了作者郑晋鸣、古吴轩出版社和光明日报出版社的大力支持，由此起步，我们将打造“时代楷模”新时代文明实践系列丛书，讲好当代中国主旋律。这本书不仅仅会作为思政教育读本走进校园，更是一本党史学习教育读物，会走进农村、走进企业、走进机关、走进社区，鼓舞、激励、启迪更多的人。

2021 年 5 月 28 日

# 序二：致敬新时代闪亮的坐标

张　捷

这是一个英雄辈出的伟大民族，这是一个楷模纷涌的崭新时代。

"'天地英雄气，千秋尚凛然。'一个有希望的民族不能没有英雄，一个有前途的国家不能没有先锋。"习近平总书记道出了中华民族从黑暗走向光明的力量所在。当中国特色社会主义进入新时代，我们比历史上任何时期都更加接近中华民族伟大复兴目标，而要实现这个目标，我们需要英雄，需要英雄精神。

新时代的英雄来自哪里？新时代的英雄精神是什么？"世上没有从天而降的英雄，只有挺身而出的凡人"，纪实文学作品《为新时代塑像——郑晋鸣笔下的时代楷模》近日将由古吴轩出版社和光明日报出版社联合出版问世，这本书汇集了作者郑晋鸣笔下五个时代楷模和人民英雄：王继才、毛相林、赵亚夫、李银江、王强。这五个滚烫的故事从不同的角度为读者诠释了新时代的英雄和平凡工作岗位中非凡的英雄精神，同时也以其独特深邃的视角和生动感人的文字展现了英雄精神背后的力量：信仰与初心。

## ——王继才：两个人的五星红旗

涛拍孤岛岸，风颂赤子心。从《两个人的五星红旗》到《一个人感动一个国》，作者连续四年九上开山岛，踏遍了岛上的每一寸土地，见证和记录了王继才夫妇无怨无悔的坚守和付出。

开山岛离最近的海岸还有 12 海里，面积只有两个足球场大。王继才和妻子王仕花在这个岛上，一守就是 32 年。整整 32 年，夫妻俩每天过着同一天的生活，其中 20 多年，全部都是没有水没有电，只有一盏煤油灯、一个煤炭炉、一台收音机的日子。枯燥、孤独、无助、绝望，夫妻俩把所有心酸、痛楚咬碎了往肚里咽，只为让五星红旗每天在孤岛上冉冉升起。

是什么支撑着王继才夫妇义无反顾用一生只做守岛这一件事，在 11680 天里把每天升国旗做到了极致？岛再小也是国土，家未立也要国先安。正是因为这份信念和信仰，一个从来没有服过正式兵役的人，一辈子坚持与迷彩服做伴，以民的本分，完成了兵的职责。他先后获评“时代楷模”“感动中国”年度人物，以及国家最高荣誉“人民楷模”，习近平总书记多次提到王继才的名字，并号召让英雄精神“成为新时代奋斗者的价值追求”。

## ——毛相林：愚公精神的当代传奇

人是要有一点精神的。从开凿“绝壁天路”到打赢脱贫攻坚战，从远近闻名的贫困村走上乡村振兴的致富路，重庆巫山下庄村靠的就是那么一股子劲儿。作者翻越山头，深入山区，采访和报道重庆市巫山县竹贤乡下庄村村委会主任毛相林带领下庄人脱贫致富的故事，写下下庄之气、下庄之魂、下庄之心。

毛相林，这个被称为“毛矮子”的小个子男人，43年不改初心，坚持苦干实干，带领村民在悬崖峭壁上凿石修道，历时7年铺就一条8公里的“绝壁天路”。出山公路修通后，他又带领村民披荆斩棘、攻坚克难，历时13年探索培育出“三色”经济，发展乡村旅游，蹚出了一条致富路，让村庄贫穷落后的面貌大大改观，树立了脱贫攻坚一线党员干部的光辉榜样。

山到高处你是峰，路的尽头是家园。1945年，毛泽东同志在中共七大期间，讲到“愚公移山”精神，那就是下定决心，不怕牺牲，排除万难，去争取胜利。对毛相林和他的下庄人们来说，这种精神就是世代追逐着的走出大山、惠及子孙的梦想，是凝结着的坚韧不屈、无所畏惧的气概，是饱含着的家国至上、故土难离的情怀，更是坚守着的那份脱贫致富、向往美好的初心。正是这样的下庄精神，换来了峭壁变通途，撑起了巍巍大山的脊梁。

## ——赵亚夫：在泥土中叩问生命的意义

始终与人民保持血肉联系，是共产党员将个人的成就和人民的事业紧密结合的“心诀”，也是党的群众路线和社会主义核心价值观的深刻内涵。作者认识并追随全国农业专家、“时代楷模”赵亚夫的事迹多年，记录下这位老共产党员、老知识分子一辈子心头装着“农”字、誓让农民吃饱肚子、让农民致富的初心使命。

赵亚夫，是江苏省农科院镇江农科所退休所长。他是全国“时代楷模”，是著名农业科学家；同时他又是一个地道的农民，埋首土地60年，其中退休后20年，仍主动选择扎根农村，不仅带领一个原本一穷二白的贫困村实现了小康，还帮助一个比较富裕的村庄实现了现代化。习近平总书记曾三次接见他，中央领导评价他是“大地活雷锋”，当地农民说“要想富，找亚夫”。

作为一名共产党员，赵亚夫完成了党对农民的承诺；作为一名科技工作者，他完成了科学对土地的承诺。他六十年如一日，矢志探索科技兴农、以农富农，他做给农民看，带着农民干，帮助农民销，实现农民富，助力农民实现“中国梦”。

## ——李银江：一位敬老院院长的孝与忠

孝道，是亘古不变的责任和道义。为了守护这份责任和道义，江苏省盱眙县桂五镇敬老院院长李银江几十年如一日，只为敬老院的老人们老有所养、老有所依、老有所乐、老有所安。作者多次踏进这所敬老院，记录院长李银江一辈子为老人尽孝的故事。

李银江是敬老院的当家人，35年前，他在野草丛生的荒地上一手建起敬老院，确定了人生价值的坐标。35年里，敬老院共赡养109位五保老人，76位老人离世，他76次披麻戴孝，在他身上，尽孝早已超越了血缘和职责。他是党的十九大代表、全国优秀共产党员、民政部最高荣誉奖“孺子牛奖”获得者、江苏“时代楷模”。他更是一个奋斗者，是老百姓身边的好党员。

从孝老之爱中升华出爱人之仁，以平凡的人生实践传递道德的高度和人性的深度，李银江对孝道超越血缘的坚守和传承，像沙砾般细碎，却是一剂社会道德的良药，这种最朴素的力量，撑起了人世间的大爱，也彰显了一名普通共产党员的格局与情怀。

### ——王强：用生命守望马克思主义阵地

有这样一位“70后”青年教授。毕业时，他放弃优越的工作，毅然决然选择扎根高等教育贫瘠的苏北，20年来，真真切切搞教学、扎扎实实做科研，对自己的研究方向——中共党史和马克思主义中国化理论钻研深刻，成果丰富。20年的从教生涯、科研之路，没有一丝浮躁、一刻抱怨，终积劳成疾，2008年，他被确诊为恶性肿瘤，2012年9月离开人世，年仅42岁。

他叫王强，当病痛如恶魔般吞噬和折磨着他，王强却用惊人的意志淡忘所有的疼痛：为了完成《中国共产党“劳资两利”政策研究》著作，他让妻子把电脑搬到病房；病榻上的四年，他坚持给学生上课、指导学生论文；为了自己所带领的学科组能够不断出成果，他坚持和大家并肩战斗。他说：“我深深热爱着我们的党、我的研究方向，我现在还有时间，对我们学科建设还可以思考，我的知识不能带到棺材里去，得让它们传承和发展。人的生命是有限的，我要用活着的每一天努力工作。”

信仰是一个终身要回答的课题。王强的身上折射出的正是信仰的力量、精神的力量。他用生命守望马克思主义阵地，诠释着一名共产党人追求真理、忠于党的教育事业的坚守和抵达。这信仰之光也正是中国未来的希望之光，是实现中国梦的精神力量。

好人让新闻有温度，榜样令故事有灵魂。新时代新闻工作者的使命就是要在坚持党性与人民性的统一中做到“为党为民，激浊扬清，贵耳重目”，做到“铁肩担道义，妙笔著文章”。

认识作者郑晋鸣近15年了，我读过很多他的作品，从“中国新闻奖”获奖作品到“范长江奖”代表作，从人物通讯到内参文稿，从整版巨制到“豆腐块”报道，经常还会听到他关于这些作品背后的故事以及创作心得的分享。我感到，老郑是一个把新闻工作做到了极致的人。在他看来，挖掘典型、传播正能量是一名记者的责任，好的记者就是要书写人民，为人民书写。

他曾两次参加由中共中央宣传部、国家互联网信息办公室、国家新闻出版广电总局、中华全国新闻工作者协会主办，中央电视台协办，全国新闻战线开展的“好记者讲好故事”演讲活动，讲述“半生流泪终不悔”的事业选择、讲述“手捧滚烫故事，传递楷模精神”的心路历程。他以执著的脚力，坚持多年深度跟踪报道，不断挖掘出时代需要的典型；他以深邃的眼力，不断呈现典型背后的故事；他以深刻的脑力，不断思考平凡英雄背后的初心伟力；他以深厚的笔力，不断书写出全国人民点赞的好稿。他用自己的行动诠释出了一名新闻工作者对于信仰与初心的坚守和追求，对于新闻工作无怨无悔的热爱和付出，用无数振奋人心、感人肺腑、发人深省的新闻作品做到了说好中国故事，传递中国价值，彰显中国力量。

文以载道，这是一本向时代致敬的书、向英雄致敬的书、向人民致敬的书，这也是一本关于信仰与初心的书。五位“时代楷模”是新时代精神图谱中闪亮的坐标，也是人民心中的座座丰碑，而这些丰碑最坚实的底座就是信仰与初心！致敬，新时代闪亮的坐标！

2021 年 6 月 1 日于黄瓜园

（作者系南京艺术学院副院长、研究员、博士生导师）

# 目 录

CONTENTS

## 人物档案

王继才，男，1960 年 4 月出生于江苏省连云港市灌云县。2018 年 7 月 27 日，王继才在执勤时突发疾病，经抢救无效去世，年仅 58 岁。生前系江苏省连云港市灌云县开山岛民兵哨所所长、开山岛村党支部书记。

王仕花，女，1961 年出生于江苏省连云港市灌云县，江苏省连云港市灌云县开山岛民兵哨所名誉所长。王仕花原为小学民办教师，1986 年 9 月开始随丈夫王继才守护开山岛。

1993 年，开山岛民兵哨所被国防部嘉奖为“以劳养武”先进单位，并获江苏省军区一类民兵哨所的美誉。2014 年，王继才夫妇被评为全国“时代楷模”。2018 年，王继才被追授“全国优秀共产党员”称号。2019 年 1 月，王仕花被评为 2018 年度十大女性新闻人物。2019 年 2 月 18 日，王继才夫妇获得“感动中国 2018 年度人物”荣誉。2019 年 9 月 17 日，国家主席习近平签署主席令，授予王继才“人民楷模”国家荣誉称号。2019 年 9 月 25 日，王继才夫妇获“最美奋斗者”称号。2020 年 10 月，王仕花获得 2019 年度“全国三八红旗手”标兵荣誉称号。2021 年 4 月，王仕花被授予江苏省“劳动模范”荣誉称号。

# 两个人的五星红旗

## ——“时代楷模”王继才、王仕花守岛的故事

这是一个真实的传奇故事。记者第一次上岛时，在这个远离大陆、荒无人烟、台风肆虐、面积不足20亩的小岛上，一对夫妻已经坚守了28年

开山岛

开山岛上怪石嶙峋

（以本文发表时间为准）。

28年的每一天，几乎都是同一天。枯燥、孤独、无助、绝望，夫妻俩把所有心酸、痛楚咬碎了往肚里咽，只为让五星红旗每天在孤岛上冉冉升起。

这个岛，叫开山岛，距离江苏连云港灌云县燕尾港12海里，虽然环境恶劣，位置孤绝，却是黄海前哨，必须有人值守。当年，日军侵占连云港时，就曾把开山岛当作登陆的跳板。

“石多水土少，台风四季扰。飞鸟不做窝，渔民不上岛。”在当地人眼中，开山岛就是一座“水牢”。

可王继才、王仕花夫妇却不但要守，而且要“守到老得不能动为止”！

## 我就要守到守不动为止

在渔政船上工作了快十年的小伙子徐江一听记者是去开山岛采访的，半开玩笑地说："万一刮个台风，十天半个月都下不来，你们可别哭。"

一个小时后，馒头状的岛屿出现了。眼前的小岛，不是什么层林尽染、绿波翻涌的世外桃源，而是怪石嶙峋，和海水的颜色连成一片枯黄。礁石上，两个穿着迷彩服的人挥舞手臂。高处，五星红旗迎风飘扬，呼呼作响。

礁石上，穿着迷彩服的王继才、王仕花夫妇挥舞着手臂

岛上陪伴王继才夫妇的狗和三只鸡

岛小石多，没有专用的码头，船绕了好半天才靠近岛岸，被王继才粗大的手掌抓住的刹那，一股热腾的力量灌入心中。

跟着他，只20分钟，整个开山岛就转了个遍。

两个人、三只总跑在人前头的小狗、三只不打鸣的公鸡、水窖里几条净化雨水的泥鳅——这是岛上全部的鲜活生命。

28年，除了岩石缝里的蒿草，就种活了屋子前后的3棵无花果，长了10多年直径只有六七厘米的苦楝，还有撒了一山种子，毛毛糙糙冒出来的才半人高的松树。

1986年7月，连续走了4批10多个民兵后，人武部政委找到了当时的生产队队长兼民兵营营长王继才，在大家眼里，这个老实巴交的年轻人恐怕是最后的希望。“当年大女儿才两岁，家里上有老、下有小。”“王继才，这岛，只有你能守住！”政委拍了拍他的肩膀，“先别和老婆讲。”27岁的王继才心里明白：军令如山。

王继才1986年上岛时和王长杰的合照

满山怪石，野草在石缝里乱颤

“1986 年 7 月 14 日早上 8 时 40 分。”王继才把这个登岛的时间记到了“分”。

满山怪石，野草在石缝里乱颤，空荡荡的几排旧营房，一条黑咕隆咚的坑道，加起来顶多 100 多米长的台阶石道，没有淡水，没有电……这哪是人待的地方！

第一晚，海风扯着嗓子往屋子里钻。王继才害怕，一宿没敢合眼，煤油灯也亮了一夜。“就盼着天亮，第二天只要有船来，我就走。”

天终于亮了，打开房门，王继才毛骨悚然：岛上，到处是蛇、老鼠和蛤蟆！江淮流域暴发洪水，蛇、鼠和蛤蟆被冲入海里，又被海水卷上了岛。“我用铁床堵住门，蜷在角落里，抽烟喝酒壮胆。”送王继才上岛的船，留下 6 条玫瑰烟、30 瓶灌云云山白酒，王继才苦笑着告诉记者，他就是从那天起学会了抽烟、喝酒。

后来，蛇、鼠和蛤蟆都莫名其妙地死在干石上了，他才敢出门。海上有渔船在捕鱼，王继才拼命地喊、拼命地挥衣服，可船都绕开了，他心生绝望，想到了跳海。很多年后他才知道，为了能让他留在岛上，灌云县武装部和边防派出所给当地渔民都下过命令：谁都不许带王继才离开岛！

“岸上的人都说我去坐‘水牢’了，但坐牢还有人陪，有人说话。”王继才说自己喝醉了，倒在哪里就在哪里睡。到第35天，酒喝光了，烟也抽完了，就挖岛上的大叶菜，碾碎了用报纸卷着抽。

直到第48天，王继才盼到了一条渔船，船头，站着妻子王仕花——全村最后一个知道丈夫去守岛的人。

王继才跳上船，抱着妻子就哭。王仕花说自己当时吓傻了，面前这个胡子拉碴、满身臭气的“野人”，是自己的丈夫吗？“这边是碗，那边是筷子，脏衣服到处都是。”在王仕花心里，丈夫守着家里好好的日子不过，偏要来守这巴掌大的岛，让她又气又心疼：“别人不守，咱也不守，回去吧！”

同行的领导抹了把泪，悄悄把王继才拉去后山的操场：“政委说发洪水的时候你肯定会害怕，让我转告你千万别当逃兵！”“如果你逃了，很难找得到守岛的人了。”

王继才心中一怔，一言不发地抽完一整包烟。

第二天，妻子拉着王继才回去，他平静地说：“要走你走，我决定留下！”

王继才告诉记者：“当时心里其实一点也不平静，小船徐徐启动，老婆也要离开了，我的心开始流血，等船走远了，我就坐在那儿放声大哭。”

但令他怎么也想不到的是，不到一个月，妻子带着包裹，又上岛了。

王继才气急败坏：“你来干吗！你怎么也不和我商量！”死一般的沉寂后，王继才一把抱住妻子，两人哭成一团，其实，他是心疼妻子。为了上岛照顾丈夫，王仕花辞去了小学教师的工作，将两岁大的女儿托付给了婆婆。

说起王继才夫妇，渔民们心里又暖又心酸：“在这片海域打鱼的人，哪个没得到过这两口子的帮助？”“晚上出海时，老王会亮起信号灯，遇到雨雾下雪天，他就在岛上敲盆子，咣咣直响，引我们绕开危险的地方。”一位姓温的船老大告诉记者，大家经过小岛时，也总是会习惯地往岛上看看，“他

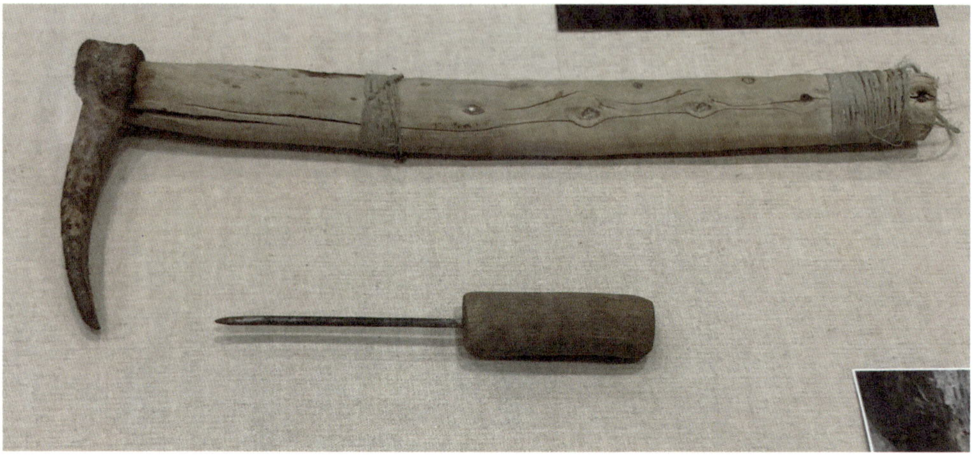

王继才夫妇生活困难时挖生牡蛎的工具

们没粮食就会摇红旗，我们看到了，就会帮他们从岸上带”。

“有一年，连续刮了十来天大风，我心里估摸着岛上煤用光了，两口子吃什么？可船出不了海，只能干着急。”金华平是燕尾港300多艘渔船主人里和夫妇俩走得最近的之一。他说，等风小后上岛，夫妇俩已吃了好几天生米，饿得话都说不出。金华平心里酸透了：“都说渔民日子苦，可他们比我还苦上十倍百倍！”

过去，一盏煤油灯，一个煤炭炉，一台收音机，是岛上的全部家当。20多年里，夫妇俩听坏了19台收音机。

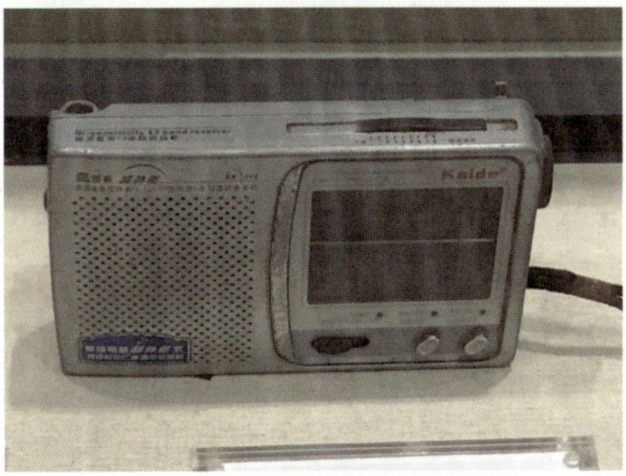

王继才夫妇在岛上使用的煤油灯（上）、收音机（中）、步话机（下）

王继才、王仕花夫妇2008年奥运会时看不到电视，就边听收音机边在无花果树上刻了“热烈庆祝北京奥运会胜利召开”

王仕花说，看不到电视，就边听收音机边在树上刻字。记者一看，那棵长了20多年的无花果树上，刻着“热烈庆祝北京奥运会胜利召开”，绕到背面，一行清晰的字——“钓鱼岛是中国的”。

“以后树长大了，字也会越来越大。”王仕花腼腆地笑了。

“这么苦，为什么还守？”

无花果树背面，刻了“钓鱼岛是中国的”

“你不守我不守，谁守？我是幸运的，我还有一个家，我不能对不起老祖宗流的血，组织交给我的任务，我就要守到守不动为止。”王继才在一旁斩钉截铁地说。

记者抬头一看，那棵无花果树，结了一树的果子。

每天升国旗，成了王继才、王仕花夫妇日常生活的一部分

## 家就是岛　岛就是国

早晨5点，天刚蒙蒙亮，王继才和王仕花就扛着旗走向小岛后山。三只小狗跑在前面，它们对这段通往后山的台阶已太熟悉。

破旧的小操场上，王继才挥舞手臂，展开国旗，一声沙哑却响亮的“敬礼”融进国旗沿着旗杆上升摩擦的响声中，三只玩耍的小狗也消停下来。王仕花认真地望着国旗，个头只有一米五的她，连敬礼的姿势都显得有些别扭，但这一幕在记者眼里，却美得叫人流泪。

“没人要求，没人监督，没有人看，你为什么还要如此较真？”

“国旗是我们中华人民共和国的象征，开山岛虽然小，但它是祖国的东门，我必须插上中华人民共和国国旗。”王继才转过身子对记者说，“只有看着国旗在海风中飘展，才觉着这个岛是有颜色的。”

32年，王继才、王仕花夫妇用坏了208面国旗

王继才、王仕花夫妇每天巡岛两次

岛上风大湿度大，太阳照射强烈，国旗易褪色、破损。在守岛的28年里，夫妇俩自己掏钱买了170多面国旗。

升旗结束后，夫妻俩开始一天里的第一次巡岛，他们来到哨所观察室内，用望远镜扫视海面一圈，看有无过往的船只，看一看岛上的自动风力测风仪、测量仪是否正常。王继才指着海面上几处礁石上的灯塔，告诉记者：“岛东边是砚台石，西边有大狮、小狮二礁和船山，这4盏灯每天都要看。”

同样的场景在晚上 7 点再次出现，不同的是，夫妇俩的手里多了一个手电筒。

一天的工作结束后，夫妇俩就要记录当天的守岛日记。一摞摞的巡查日志被王仕花装在大麻袋里，拿出来，铺满了整个桌子。那是记者看过最动人的值班簿。

2008 年 6 月 19 日，星期四，天气：阴。开山又有人上岛钓鱼，老王说，上岛钓鱼可以，但是卫生要搞好。其中一个姓林的和姓王的说岛也不是你家的，卫不卫生，关你什么事。老王很生气。

2008 年 8 月 8 日，星期五，天气：晴。今天是奥运会开幕，海面平静，岛上一切正常。

2011 年 4 月 8 日，天气：晴。今天上午 8：30 有燕尾港看滩船 11106 号在开山前面抛锚，10：00 有连云港收货船和一只拖网船也来开山前面抛锚。岛上的自动风力测风仪、3 部测量仪都正常。

2014 年 8 月 6 日，天气：多云，东北风 6 ~ 7

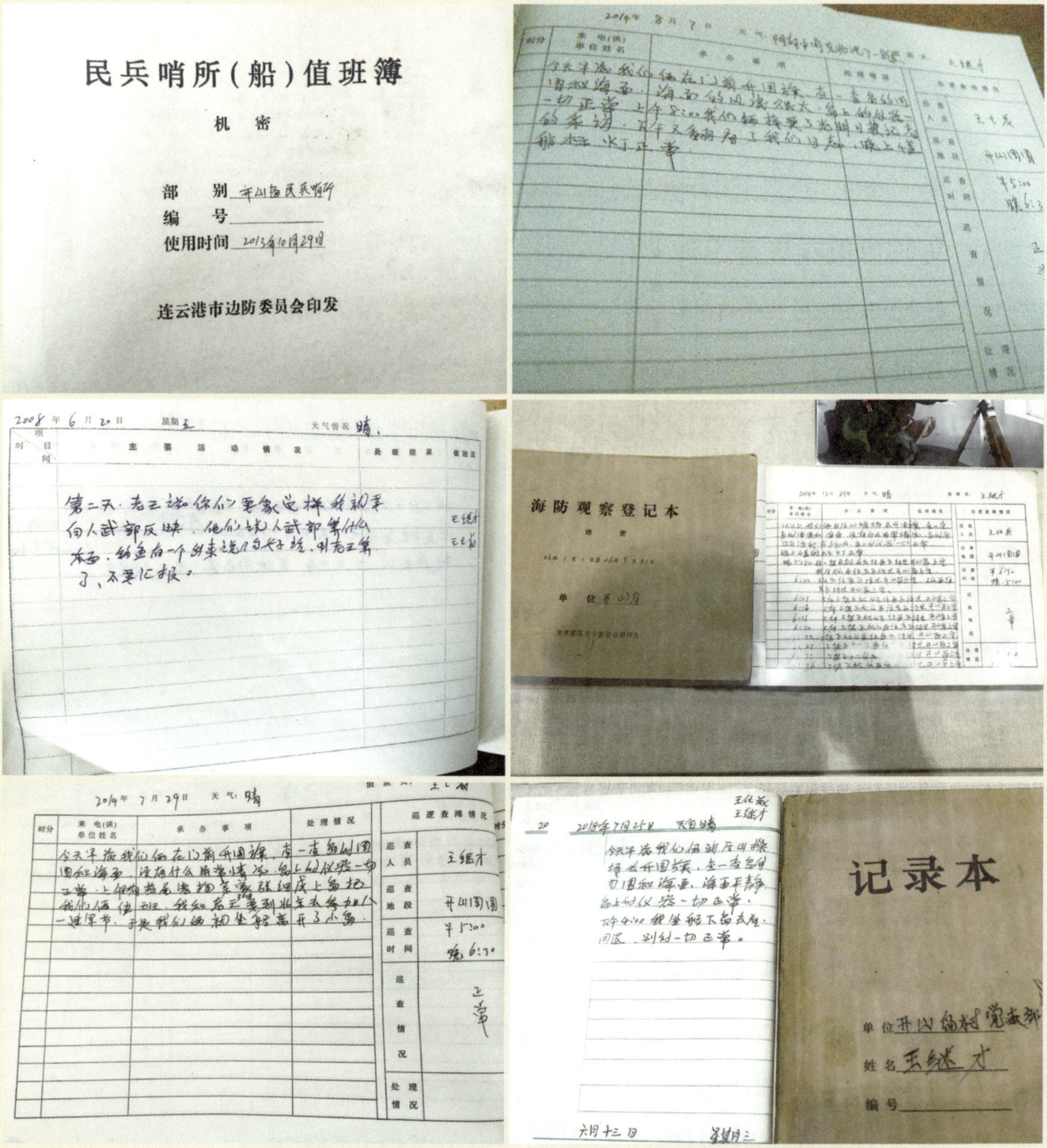


王继才、王仕花夫妇32年来每天坚持写巡查日志

级。今天早晨我们俩到后山操场去升国旗，查一查岛的周围和海面，没有什么异常情况，岛上的仪器一切正常，上午10：00有燕尾港渔政船516拖光明日报记者6名来岛采访并住岛，别的一切正常。

…………

“这里只有1999年以后的观察日志，之前十多年的堆起来有一个人高了，都被那混人烧了！”王继才点了支烟，一脸心痛。

开山岛位置独特，并且有很多地下工事，是一些违法分子向往的“避风港”。

1999年，孙某看中了开山岛，打着旅游公司的牌子，想在岛上办色情场所。

王继才迅速报告上级。孙某眼看事情要败露，威胁王继才说：“你30多岁，死了还值，可你儿子十来岁，死了多可惜！”

“当时听到‘儿子’两个字，心里真是咯噔了好几下。”王继才抿了口酒说，但自己不害怕，“少来这一套，我明白地告诉你，我是为国家守的岛，如果我家人出事了，你休想逃脱！”

见硬的不行，孙某又赔着笑脸掏出一沓钱来：“只要你以后不向部队报告，赚了钱咱俩平分。”王继才推开他：“不干净的钱我坚决不要，违法的事我坚决不干！”

孙某见王继才软硬不吃，又想出栽赃陷害的法子。一天，在骗王仕花离开小岛后，孙某指使一个脱得精光的女孩往王继才的值班室走，想用美色引诱他，后面还有人偷偷拿着摄像机摄像。王继才连忙关上门，气愤地骂道：“混账东西，给我滚！”孙某气愤至极，带人强行把王继才拖到码头狠狠鞭打。

一回头，王继才看到的是哨所值班室燃起的熊熊大火，值班室里，多年积攒的文件资料、观察记录瞬间化为了灰烬，他的心都碎了。

所幸的是，当地公安机关和武装部门得知情况后，组织人员赶到岛上，最终将孙某绳之以法。

时间久了，挡人财路的夫妇俩就成了违法分子的眼中钉、肉中刺，险情时有发生。

回想起当年的一幕幕，还没等记者问，王继才就憨笑着说：“其实他们威胁我，我一点儿都不害怕。他们做的事是违法的，肯定会被抓。”

那几年，夫妇俩及时报案 9 次，其中 6 次成功破获，为国家挽回了重大经济损失。

升旗、巡岛、观天象、护航标、写日志……

28 年的每一天，几乎都是同一天。

夫妻俩要是碰上事非得下岛回岸，也从来都是留下一个。记者问王仕花：“老王不在，你一个人待在岛上怕吗？”“习惯了，一开始来岛上的时候害怕。”王继才在一旁插嘴道：“一开始，她睡觉都躲在我里边。”王仕花笑了：“后来我就不怕了，你们看这是岛，我们看这就是自己家，在自己家哪会怕。”

“现在对我们来说，家就是岛，岛就是国。”王继才夫妇说。

## 你是为国家和人民守的岛

一阵急促的脚步声把大家惊醒，打开门，冰冷的雨水和呼啸的海风灌入衣领，大夏天里也让人直哆嗦。王仕花不好意思地笑了笑："对不起啊，把你们吵醒了。"

对于早已习惯孤寂的夫妻俩来说，记者一行人的到来，打破了他们平日的宁静，小岛一下热闹起来，却也慌乱起来。王仕花掏出家里所有好吃的给大家做早饭，但或许是太着急了，她显得有些慌乱。

"你孩子很喜欢吃这些吧？""应该吧。"王仕花又一次尴尬地笑了笑，"我去给你盛饭。"端起饭碗，记者分明闻到了泪水的腥咸。

孩子是夫妻俩的心肝儿，也是两人的心头痛。

那次，台风大作，刮了个把月，尽管每天的粥里只有稀稀拉拉几粒米，但粮食还是很快吃完了。孩子们天天拉着王仕花的手喊饿，她一点办法也没有，叫天天不应，叫地地不灵，只能任泪水在眼眶打转！

一声不吭的王继才卷起裤脚，顶着狂风，在落潮的海水里拾海螺。几个小时后，王继才回来，叫着孩子们的名字，却怎么喊也没人答应。原来，孩子们太饿，晕过去了。

那一次，王继才一夜无眠，在海边一直捞到天亮。

守岛的人，每天两顿饭，只求垫饱肚子，怎可能再有其他幻想？

后来，夫妻俩决定在岛上开荒，燕子衔泥般从岸上背回一袋袋泥土和肥料，在石头缝里种树种菜。第一年，种下100多棵白杨，全死了；第二年，种下50多棵槐树，无一存活。

王继才说，他就是不信，人能在岛上活下来，树怎么就活不下来！第三年，一斤多的苦楝树种子撒下去，长出一棵小苗，老王喜极而泣。

老王说："有树，就会有生机；有生机，就会有希望。"

王继才、王仕花夫妇在开山岛种苦楝树

再后来，儿子、小女儿陆续上学，夫妇俩把他们送出岛，到村里上学，跟着王继才的老母亲生活。可母亲年纪大了，自己也顾不了自己，3 个孩子只能“青蛙带蝌蚪”，相依为命。那一年，刚接到初中录取通知书的大女儿被迫辍学，她把眼泪哭干了，死活不愿意和父亲说话。王继才一根接一根地抽烟，最终还是狠心地开了口：“你别念书了，爸爸求你了。”那年，大女儿才 13 岁，在本该被父母宠爱的年纪挑起了照顾弟弟妹妹的重担。

有时候，姐弟仨甚至忘了，自己还有在岛上的父母。夏天的一个夜晚，滑下床沿的蚊帐被蚊香点燃，火苗蹿了起来，惊醒的姐姐一跃而起，拽起弟弟妹妹，然后一盆又一盆泼水，直到把火浇灭。看着湿漉漉的、被烧焦了的被子，三人抱着哭成一团。

女儿托渔民给岛上的父母递了张纸条，毫不知情的王仕花满心欢喜地打开，一下子僵住了："爸爸妈妈，你们差点就再也见不到我们了。"这些字，像是用刀一下一下剜在夫妇俩心上，痛得血直流。

"看在三个可怜孩子的分上，为什么不申请回岸上生活？这 28 年，你们不能像正常人那样照顾孩子，也不能为父母尽孝，值吗？"

"我走了，岛怎么办？"王继才忽然掩面而泣，"我对不起妻子，这么多年，我吃过的苦她都吃了，我没吃过的苦她也吃了。我对不起孩子，老二上学后，别人嘲笑他没父母，欺负他，他一个人躲在角落抹眼泪。我也对不起家人，父亲、母亲去世，我

朝着家的方向，王继才有绵绵无尽的思念

都不在身边，母亲曾和我说：‘自古忠孝不能两全，你是为国家和人民守的岛，就是我死的时候你不在身边，我也不怨你。’但我怨我自己。有时候，我想家人想得直掉泪。”

王继才曾说一定要亲手把女儿交到一个值得托付的人手上。终于，这一天到来了，可是，王继才却失约了。大女儿独自一人走进结婚礼堂，明知父亲不会来，可还是忍不住放慢脚步，她想：父亲说不定就在路上，我走慢点，就能等上他。然而，直到婚礼结束，父亲还是没有出现，化妆间里，新娘一遍一遍补妆，眼泪却又一遍一遍把它融化。几十公里外，王继才隔着海，一遍遍抚摸着大女儿小时候的照片，那是上岛前，王继才带着妻子和女儿拍的唯一的照片。他想象着大女儿做新娘的样子，一会儿哭，一会儿笑，酒一杯接着一杯地喝，衣襟湿成一片。

但把眼泪擦干，第二天，王继才照样去升国旗，继续守岛。

王继才说了个故事。当年，17 岁的二舅被父亲送去前线，参加了抗日战争、解放战争、抗美援朝战争，回家时，已经 30 多岁，和很多战友相比，二舅是幸运的，因为他活了下来。王继才觉得，和二舅相比，他又是幸运的，因为岛上再艰难，也没有枪林弹雨的危险，他得守好。

## 守岛是尽自己的本分

过去，岛上没电，晚上，点着煤油灯，夫妻俩打牌，唱歌，唱给海听，唱给风听。

记者请王仕花唱一段。

“我能想到最浪漫的事，就是和你一起慢慢变老，一路上收藏点点滴滴的欢笑，留到以后，坐着摇椅慢慢聊……”

王继才夫妇一朝上岛，一生守岛

歌声未住，泪水却滚了下来。

“过去的日子，不提了，不提了。”王仕花低头转过身去。

同样的话，儿子王志国也说过。老王给儿子取名时想，“志”是一个士加一个心，代表战士的心中有祖国。这对高尚的夫妻从没想到，祖国和人民也把他们默默地记在了心里。

2013 年 2 月，王志国和妹妹回到久违的孤岛，发现门口多了两块崭新的牌子，一块是中共灌云县燕尾港镇开山岛村党支部，一块是灌云县燕尾港镇开山岛村村民委员会。原来，县委、县政府特批开山岛为全国最小的行政村，整个行政村只有父亲、母亲和两个极少出现的渔民。父亲是村党支部书记，母亲是村委会主任。

当上村党支部书记以后，王继才每年能多上一份收入，虽然不多，但相比以前每年只有 5700 元收入来说，涨幅已经太大。

而更令王继才夫妇感动的是，他们孤岛上升旗的故事，竟传到了北京。一次，两人被邀请做节目，天安门国旗班第八任班长赵新风说："中国已经富强，不能再用手持竹竿升旗了，我们要送夫妇俩一座标准的旗台和旗杆。"

2011 年年底，一座专门制作的 2 米长、1.5 米宽的全钢移动升旗台和 6 米高的不锈钢旗杆从北京来到了开山岛。

2012 年元旦，一场特殊的升旗仪式在开山岛举行。

"国旗班第一任班长董立敢和天安门国旗护卫队官兵在开山岛升起了新年第一面五星红旗，他们还向我们捐赠了一面曾经在天安门广场飘扬过的国旗。"那一刻，注视着冉冉升起的五星红旗，两人觉得所有的艰难、痛苦都有了意义。

岛上的生活条件也发生了翻天覆地的变化。两年前，连云港市给夫妇俩装上了太阳能离网发电系统，岛上第一次有了电，夫妻俩也第一次看了电视。

那晚，王仕花在值班簿里写下："我们一家人围坐在电视旁看春节联欢晚会，非常高兴，孩子们都说，今年的晚会真好看。”

后来，部队又把两人的住房修缮一新，门窗变结实了；县里给他们装上了太阳能热水器，洗澡也方便了。每年建军节、国庆节、春节等节日，政府和部队的领导还会到岛上来看王继才夫妇。

有一次王继才上岸，遇到了一桩新鲜事：路过镇文化广场时，只见广场四周围满了人，群众演员正在演唱连云港市地方剧——花船剧。

“小船浪到河滩上。哎，大姐，你这船上装这么些蔬菜水果到哪里去的呀……是去慰问守岛英雄王继才、王仕花夫妇俩的……”花船剧曲调悠扬。

“哎，这唱的怎么是我们啊？”王继才又惊又喜。

到村里后，老人告诉他：“你现在火了，花船剧、大鼓、琴书，唱的都是你哟。”回到岛上，王继才迫不及待地把这个新鲜事讲给王仕花听。

“我们守岛，是尽自己的本分，没想到祖国和人民却这么关心我们。这份关心，我们无以为报，

# 夫妻哨所颂歌

程殿元

你俩——
王继才　王仕花
被誉为
开山岛上的夫妻哨
这里是
灌云的东方门户
位于黄海前哨
你俩是守岛卫士
忠于职守
多少个日日夜夜
流急浪高
多少个春夏秋冬
风狂雨暴
你俩
锲而不舍
警惕地在这里巡逻放哨
曾经
有多少人
在这里望而生畏
有多少人
嫌这里条件枯燥
一批又一批
临阵脱逃
然而　你俩
毅然安家上岛
人民赋予的使命
比什么都重要
这里
远离繁华的都市
这里
没有乡间沃土的味道
不知你俩
弃绝了多少个赚钱的机会
不知你俩
失去了多少次与家人团聚的热闹
孤独时
海鸥为你俩翩翩起舞
寂寞时
海涛为你俩放开粗犷的歌喉
这里没有电
红色的烛光把你俩映照
缺粮　断水
野菜充饥别有一番味道
肆意狂风
动辄把你俩掀倒
顽滑的石头
常与你俩摔跤
稍不小心
荆棘便划破手和脚
掸去了身上的尘土
脸上绽开了微笑
酷暑
石头晒得滚烫
令人油煎火燎
严冬
石头犹如冰块
冻裂了脚和手
困难再多
条件再差
从未把你俩吓跑
什么是苦
什么是累
你俩从不计较
以岛为家
守岛为荣
是你俩高尚的情操
无怨无悔
一如既往
是你俩心灵美的真实写照
二十八年来
光阴如刀
在你俩的额头
刻下了难忘的记号
二十八年来
岁月似笔
把你俩的双鬓
涂上了一层霜膏
二十八年来
你俩与大海
结下了不解的情缘
把爱的种子
栽培在开山岛
你俩用满腔的热忱
唱起了新时代的歌谣
你俩把绚丽的梦想
放飞在祖国海防前哨
你俩无私的奉献精神
像开山岛上的灯塔
永远辉煌闪耀

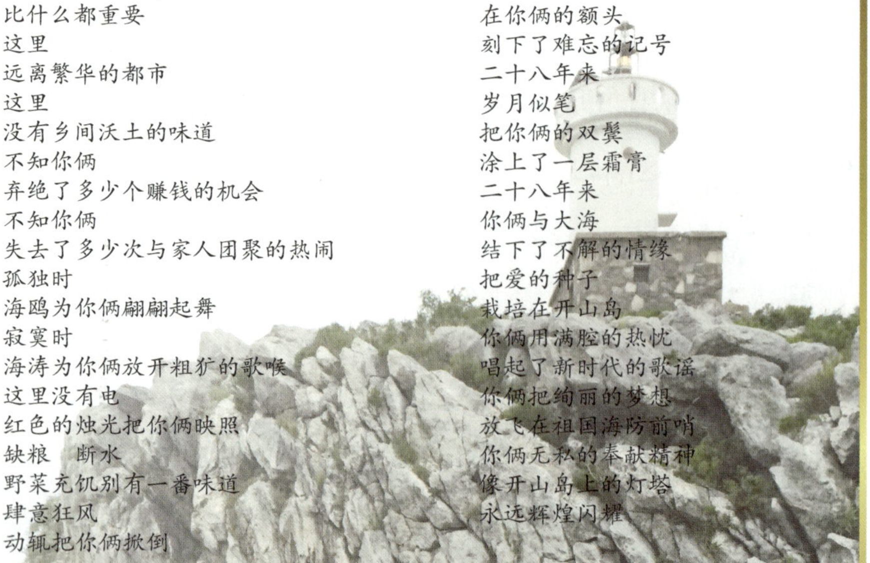

郑晋鸣上岛采访王继才、王仕花夫妇

只能更认真地守好每一天。”老王说。

“二十八年来，光阴如刀，在你俩的额头刻下了难忘的记号。二十八年来，岁月似笔，把你俩的双鬓涂上一层霜膏……你俩与大海结下了不解的情缘，把爱的种子栽培在开山岛……你俩无私的奉献精神，像开山岛上的灯塔永远辉煌闪耀……”

离开的前一晚，记者站在门口，听着这首《夫妻哨所颂歌》。一阵海风吹过，苦楝树哗哗作响，仿佛是为这对夫妻的坚韧和坚守热烈鼓掌。苦楝树结出的苦楝子，仔细品味，也有丝丝甜意。

## 坚守 32 年　王继才永远留在了开山岛

2018 年 7 月 27 日，全国“时代楷模”、开山岛守岛英雄王继才在执勤期间突发疾病，经抢救无效去世，生命定格在 58 岁。

老王走了？我不敢相信这个消息。虽然“老王、老王”叫惯了，可他比我小啊，怎么说走就走了？从 2014 年第一次采访王继才开始，我每年都上岛看他。再过两天就是“八一”建军节了，本想这两天上岛去，没想到还没赶上过节，就已阴阳两隔。驱车赶往连云港灌云县和老王道别，3 个小时的路程，漫天的大雨随着泪水一起滑下，想起和老王相识、相处的很多事。

2014 年，也是在酷暑天，我第一次登上开山岛，在岛上和王继才、王仕花共处了 5 天，被他们夫妻俩 28 年坚守小岛，只为五星红旗冉冉升起的故事深深感动，写下了长篇通讯《两个人的五星红旗》，引起强烈反响。40 天后，当我再次上岛时，

# 两个人的五星红旗

## ——王继才、王士花守岛的故事

本报记者 郑晋鸣

这是一个真实的传奇故事。在一个远离大陆、荒无人烟、台风肆虐、面积不足20亩的小岛上，一对夫妻坚守边防，一守就是28年。

28年的每一天，几乎都是同一天。枯燥、孤独、无助、绝望，夫妻俩把所有心酸、痛楚咬碎了往肚里咽，只为让五星红旗每天在孤岛上冉冉升起。

这个岛，叫开山岛，距离江苏连云港灌云县燕尾港12海里，虽然环境恶劣，位置孤绝，却是黄海前哨，必须有人值守。当年，日军侵占连云港时，就曾把开山岛当作登陆的跳板。

“石多水土少，台风四季扰。飞鸟不做窝，渔民不上岛。”在当地人眼中，开山岛就是一座“水牢”。

可王继才、王士花夫妇却不但要守，而且要“守到老得不能动为止”！

> “要走你走，我决定留下！”“你不守我不守，谁守？组织交给我的任务，我就是要守到守不动为止。”

在渔政船上，工作了快十年的小伙子徐江一听记者是去开山岛采访的，半开玩笑地说：“万一刮个台风，十天半个月都下不来，你们可别哭。”

一个小时后，馒头状的岛屿出现了。眼前的小岛，不是什么层林尽染、绿波翻涌的世外桃源，而是残垣断壁、怪石嶙峋，和海水的颜色连成一片枯黄。礁石上，两个穿着迷彩服的人挥舞手臂。高处，五星红旗迎风飘扬，呼呼作响。

岛小石多，没有专用的码头，船绕了好半天才靠近岛岸，被王继才粗大的手掌抓住的刹那，一股热腾的力量灌入心中。

跟着他，只20分钟，整个开山岛就转了个遍。

两个人、三只总跑在人前头的小狗、三只不打鸣的公鸡、水窖里几条净化雨水的泥鳅——这是岛上全部鲜活的生命。

28年，除了岩石缝里的蒿草，就种活了屋子前后的3棵无花果，长了10多年直径只有六七厘米的苦楝，还有散了一山种子，毛毛糙糙冒出来的才半人高的松树。

1986年7月，连续走了4批10多个民兵后，人武部政委找到了当时的生产队长兼民兵营长王继才，在大家眼里，这个老实巴交的年轻人恐怕是最后的希望。“当年大女儿才两岁，家里上有老、下有小。”“王继才，这岛，只有你能守住！”政委拍了拍他的肩膀，“先别和老婆讲。”27岁的王继才心里明白：军令如山。

“1986年7月14日早上8时40分。”王继才把这个登岛的时间记到了“分”。

满山怪石，野草在石缝里乱颤，空荡荡的几排旧营房，一条黑咕隆咚的坑道，加起来顶多100多米长的台阶石道，没有淡水，没有电……这哪是人待的地方！

第一晚，海风扯着嗓子往屋子里钻。王继才害怕，一宿没敢合眼，煤油灯也亮了一夜。“就盼着天亮，第二天只要有船来，我就走。”

天终于亮了，打开房门，王继才毛骨悚然：岛上，到处是蛇、老鼠和蛤蟆！江淮流域暴发洪水，蛇、鼠和蛤蟆冲入海里，又被海水卷上了岛。“我用铁床堵住门，蜷在角落里，抽烟喝酒壮胆。”送王继才上岛的船，留下6条玫瑰烟、30瓶灌云云山白酒，王继才苦笑着告诉记者，他就是从那天起学会了抽烟、喝酒。

后来，蛇、鼠和蛤蟆都莫名其妙地死在干石上了，他才敢出门。海上有渔船在捕鱼，王继才拼命地喊、拼命地挥衣服，可船都绕开了，他心生绝望，想到了跳海。很多年后他才知道，为了能让他留在岛上，灌云县武装部和边防派出所给当地渔民都下过命令：谁都不许带王继才离开岛！

“岸上的人都说我去坐‘水牢’了，但坐牢还有人陪，有人说话。”王继才说自己喝醉了，倒在哪里就在哪里睡。到第35天，酒喝光了，烟也抽完了，就挖岛上的大叶菜，碾碎了用报纸卷着抽。

直到第48天，王继才盼到了一条渔船，船头，站着妻子王士花——全村最后一个知道丈夫去守岛的人。

王继才跳上船，抱着妻子就哭。王士花说自己当时吓傻了，面前这个胡子拉碴、满身臭气的“野人”，是自己的丈夫吗？“这边是碗，那边是筷子，脏衣服到处都是。”在王士花心里，丈夫守着家里好好的日子不过，偏要来守这巴掌大的岛，让她又气又心疼：“别人不守，咱也不守，回去吧！”

同行的领导抹了把泪，悄悄把王继才拉去后山的操场：“政委说发洪水的时候你肯定会害怕，让我转告你千万别当逃兵！”“如果你逃了，很难找得到守岛的人了。”

王继才心一怔，一言不发地抽完一整包烟。

第二天，妻子拉着王继才回去，他平静地说：“要走你走，我决定留下！”

王继才告诉记者：“当时心里其实一点也不平静，小船徐徐启动，老婆也要离开了，我的心开始流血，等船走远了，我就坐在那儿放声大哭。”

但令他怎么也想不到的是，不到一个月，妻子带着包裹，又上岛了。

王继才气急败坏：你来干吗！你怎么也不和我商量！死一般的沉寂后，王继才一把抱住妻子，两人哭成一团，其实，他是心疼妻子。为了上岛照顾丈夫，王士花辞去了小学教师的工作，将两岁大的女儿托付给了婆婆。

说起王继才夫妇，渔民们心里又暖又心酸：“在这片海域打鱼的人，哪个没得到过这两口子的帮助？”“晚上出海时，老王会亮起信号灯，遇到雨雾下雪天，他就在岛上敲盆子，咣咣直响，引我们绕开危险的地方。”一位姓温的船老大告诉记者，大家经过小岛时，也总是会习惯地往岛上看看，“他们没粮食就会摇红旗，我们看到了，就会帮他们从岸上带。”

“有一年，连续刮了十来天大风，我心里估摸这岛上煤用光了，两口子吃什么？可船出不了海，只能干着急。”金华平是燕尾港300多艘渔船主人里和夫妇俩走得最近的渔民之一。他说，等风小后上岛，夫妇俩已吃了好几天生米，饿得话都说不出。金华平心里酸透了：“都说渔民日子苦，可他们比我还苦上十倍百倍！”

过去，一盏煤油灯，一个煤炭炉，一台收音机，是岛上的全部家当。20多年里，夫妇俩听坏了19台收音机。

王士花说，看不到电视，就边听收音机边在树上刻字。记者一看，那棵长了20多年的无花果树上，刻着“热烈庆祝北京奥运会胜利开幕”，绕到背面，一行清晰的字——“钓鱼岛是中国的”。

“以后树长大了，字也会越来越大。”王士花腼腆地笑了。

“这么苦，为什么还守？”

“你不守我不守，谁守？我是幸运的，我还有一个家，我不能对不起老祖宗流的血，组织交给我的任务，我就要守到守不动为止。”王继才在一旁斩钉截铁地说。

记者抬头一看，那棵无花果树，结了一树的果子。

> “开山岛虽然小，但它是祖国的东门，我必须插上中华人民共和国国旗。”“只有看着国旗在海风中飘展，才觉着这个岛是有颜色的。”“现在对我们来说，家就是岛，岛就是国。”

早晨5点，天刚蒙蒙亮，王继才和王士花就扛着旗走向小岛后山。3只小狗跑在前面，它们对这段通往后山的台阶已太熟悉。

破旧的小操场上，王继才挥舞手臂，展开国旗，一声沙哑却响亮的“敬礼”融进国旗沿着旗杆上升摩擦的响声中，3只玩耍的小狗也消停下来，王士花认真地望着国旗，个头只有一米五的她，连敬礼的姿势都显得有些别扭，但这一幕在记者眼里，却美得叫人流泪。

“没人要求，没人监督，没有人看，你为什么还要如此较真？”

“国旗是我们中华人民共和国的象征，开山岛虽然小，但它是祖国的东门，我必须插上中华人民共和国国旗。”王继才转过身子对记者说，“只有看着国旗在海风中飘展，才觉着这个岛是有颜色的。”

岛上风大湿度大，太阳照射强烈，国旗很容易褪色、破损。在守岛的28年里，夫妇俩自己掏钱买了170多面国旗。

升旗结束后，夫妻俩开始一天里的第一次巡岛，他们来到哨所观察室内，用望远镜扫视海面一圈，看有无过往的船只，看一看岛上的自动风力测风仪、测量仪是否正常，王继才指着海面上几处礁石上的灯塔，告诉记者：“岛东边是砚台石，西边有大狮、小狮二礁和船山，这4盏灯每天都要看。”

同样的场景在晚上7点再次出现，不同的是，夫妇俩的手里多了一个手电筒。

一天的工作结束后，夫妇俩就要记录当天的守岛日记。一摞摞的巡查日志被王士花装在大麻袋里，拿出来，铺满了整个桌子。那是记者看过最动人的值班簿。

2008年6月19日，星期四，天气：阴。开山又有人上岛钓鱼，老王说，上岛钓鱼可以，但是卫生要搞好。其中一个姓林的和姓王的说岛也不是你家的，卫不卫生，关你什么事，老王很生气。

2008年8月8日，星期五，天气：晴。今天是奥运会开幕，海面平静，岛上一切正常。

2011年4月8日，天气：晴。今天上午8:30有燕尾港看滩船11106号在开山前面抛锚，10:00有连云港收货船和一只拖网船也来开山前面抛锚。岛上的自动风力测风仪、3部测量仪都正常。

2014年8月6日，天气：多云，东北风6~7级。今天早晨我们俩到后山操场去升国旗，查一查岛的周围和海面，没有什么异常情况，岛上的仪器一切正常，上午10:00有燕尾港渔政船516拖光明日报记者6名来岛采访并住岛，别的一切正常。

…………

“这里只有1999年以后的观察日志，之前十多年的堆起来有一个人高了，都被那混人烧了！”王继才点了支烟，一脸心痛。

开山岛位置独特，并且有很多地下工事，是一些犯罪分子向往的“避风港”。

1999年，孙某看中了开山岛，打着旅游公司的牌子，想在岛上办色情场所。

王继才迅速报告上级。孙某眼看事情要败露，威胁王继才说：“你30多岁，死了还值，可你儿子十来岁，死了多可惜！”

“当时听到‘儿子’两个字，心里真是咯噔了好几下。”王继才抿了口酒说，但自己不害怕，“少来这一套，我明白地告诉你，我是为国家守的岛，如果我家人出事了，你休想逃脱！”

见硬的不行，孙某又赔着笑脸掏出一沓钱来：“只要你以后不向部队报告，赚了钱咱俩平分。”王继才推开他：“不干净的钱我坚决不要，违法的事我坚决不干！”

孙某见王继才软硬不吃，又想出栽赃陷害的法子。一天，在骗王士花离开小岛后，孙某指使一个脱得精光的女孩往王继才的值班室走，想用美色引诱他，后面还有人偷偷拿着摄像机摄像。王继才连忙关上门，气愤地骂道：“混账东西，给我滚！”孙某气愤至极，带人强行把王继才拖到码头狠狠鞭打。

一回头，王继才看到的是哨所值班室燃起的熊熊大火，值班室里，多年积攒的文件资料、观察记录瞬间化为了灰烬，他的心都碎了。

所幸的是，当地公安机关和武装部门得知情况后，组织人员赶到岛上，最终将犯罪分子绳之以法。

时间久了，挡人财路的夫妇俩就成了违法分子的眼中钉、肉中刺，险情时有发生。

回想起当年的一幕幕，还没等记者问，王继才就憨笑着说：“其实他们威胁我，我一点儿都不害怕，他们做的事是违法的，肯定会被抓。”

那几年，夫妇俩及时报案9次，其中6次成功破获，为国家挽回了重大经济损失。

升旗、巡岛、观天象、护航标、写日志……

28年的每一天，几乎都是同一天。

夫妻俩要是碰上事非得下岛回岸，也从来都是留下一个，记者问王士花：“老王不在，你一个人待在岛上怕吗？”“习惯了，一开始来岛上的时候害怕。”王继才在一旁插嘴道：“一开始，她睡觉都躲在我里边。”王士花笑了：“后来我就不怕了，你们看这是岛，我们看这就是自己家，在自己家哪会怕。”

“现在对我们来说，家就是岛，岛就是国。”王继才夫妇说。

> “老母亲说，自古忠孝不能两全，你是为国家和人民守的岛，就是我死的时候你不在身边，我也不怨你。可我心里愧疚，有时候想家人想得直掉泪，但哭过了，第二天照样升旗，继续守岛。”

一阵急促的脚步把我们惊醒，打开门，冰冷的雨水和呼啸的海风灌入衣领，大夏天里也让人直哆嗦。王士花不好意思地笑了笑：“对不起啊，把你们吵醒了。”

对于早已习惯孤寂的夫妻俩来说，记者一行人的到来，打破了他们平日的宁静，小岛一下热闹起来，却也慌乱起来。王士花掏空家里所有好吃的给大家做早饭，但或许是太着急了，屋里屋外都跑了起来。

“你孩子很喜欢吃这些吧？”“应该吧。”王士花又一次尴尬地笑了笑，“我去给你盛饭。”端起饭碗，记者分明闻到了泪水的腥咸。

孩子是夫妻俩的心肝儿，也是俩人的心头痛。

那次，台风大作，刮了个把月，尽管每天的粥里只有稀稀拉拉几粒米，但粮食还是很快吃完了。孩子们天天拉着王士花的手喊饿，她一点办法也没有，叫天天不应，叫地地不灵，只任泪水在眼眶打转！

一声不吭的王继才卷起裤脚，顶着狂风，在落潮的海水里拾海螺。几个小时后，王继才回来，叫着孩子们的名字，却怎么喊也没人答应。原来，孩子太饿，晕过去了。

那一次，王继才一夜无眠，在海边一直捞到天亮。

守岛的人，每天两顿饭，只求垫饱肚子，怎可能再有其他幻想？

后来，夫妻俩决定在岛上开荒，燕子衔泥般从岸上背回一袋袋泥土和肥料，在石头缝里种树种菜。第一年，种下一百多棵白杨，全死了；第二年，种下50多棵槐树，无一存活。

王继才说，他就是不信，人能在岛上活下来，树怎么就活不下来！第3年，一斤多的苦楝树种子撒下去，长出一棵小苗，老王喜极而泣。

老王说：“有树，就会有生机，有生机，就会有希望。”

再后来，儿子、小女儿陆续上学，夫妇俩把他们送出岛，到村里上学，跟着王继才的老母亲生活。可母亲年纪大了，自己也顾不了自己，3个孩子只能“青蛙带蝌蚪”，相依为命。那一年，刚接到初中录取通知书的大女儿被迫辍学，她把眼泪全哭干了，死活不愿意和父亲说话。王继才一根接一根地抽烟，最终还是狠心地开了口：“你别念书了，爸爸求你了。”那年，大女儿才13岁，在本该被父母宠爱的年纪挑起了照顾弟弟妹妹的重担。

有时候，姐弟仨甚至忘了，自己还有在岛上的父母。夏天的一个夜晚，滑下床沿的蚊帐被蚊香点燃，火苗蹿了起来，惊醒的姐姐一跃而起，拽起弟弟妹妹，然后一盆又一盆泼水，直到把火浇灭。看着湿漉漉的、被烧焦了的被子，三人抱着哭成一团。

女儿托渔民给岛上的父母递了张纸条，毫不知情的王士花满心欢喜地打开，一下子僵住了：“爸爸妈妈，你们差点就再也见不到我们了。”这些字，像是用刀一笔一笔刻在夫妇俩心上，痛得血直流。

“看在三个可怜孩子的份上，为什么不申请回岸上生活？这28年，你们不能像正常人那样照顾孩子，也不能为父母尽孝，值吗？”

“我走了，岛怎么办？”王继才忽然掩面而泣，“我对不起妻子，这么多年，我吃过的苦她都吃了，我没吃过的苦她也吃了。我对不起孩子，老二上学后，别人嘲笑他没父母，欺负他，他一个人躲在角落抹眼泪。我也对不起家人，父亲、母亲去世，我都不在身边，母亲曾和我说：‘自古忠孝不能两全，你是为国家和人民守的岛，就是我死的时候你不在身边，我也不怨你’，但我怨我自己。有时候，我想家人想得直掉泪。”

王继才曾说一定要亲手把女儿交到一个值得托付的人手上。终于，这一天到来了，可是，王继才却失约了。大女儿独自一人走进结婚礼堂，明知父亲不会来，可还是忍不住放慢脚步，她想：“父亲说不定就在路上，我走慢点，就能等上他。”然而，直到婚礼结束，父亲还是没有出现，化妆间里，新娘一遍一遍补妆，眼泪却又一遍一遍把它融化。几十公里外，王继才隔着海，一遍遍抚摸着大女儿小时候的照片，那是上岛前，王继才带着妻子和女儿拍的唯一一张照片。他想象着大女儿做新娘的样子，一会儿哭，一会儿笑，酒一杯接着一杯地喝，衣襟湿成一片。

但把眼泪擦干，第二天，王继才照样去升国旗，继续守岛。

王继才说了个故事，当年，17岁的二舅被父亲送去前线，参加了抗日战争、解放战争、抗美援朝战争，回家时，已经30多岁，和很多战友相比，二舅是幸运的，因为他活了下来。王继才觉得，和二舅相比，他又是幸运的，因为岛上再艰难，也没有枪林弹雨的危险，他得守好。

> “我们守岛，是尽自己的本分，没想到祖国和人民却这么关心我们，这份关心，我们无以为报，只能更认真地守好每一天。”

过去，岛上没电，晚上，点着煤油灯，夫妻俩打牌，唱歌，唱给海听，唱给风听。

记者请王士花唱一段。

“我能想到最浪漫的事，就是和你一起慢慢变老，一路上收藏点点滴滴的欢笑，留到以后，坐着摇椅慢慢聊……”

歌声未住，泪水却滚了下来。

“过去的日子，不提了，不提了。”王士花低头转过身去。

同样的话，儿子王志国也说过。老王给儿子取名时想，“志”是一个士加一个心，代表战士的心中有祖国。这对高尚的夫妻从没想到，祖国和人民也把他们默默地记在了心里。

2013年2月，王志国和妹妹回到久违的孤岛，发现门口多了两块崭新的牌子，一块是中共灌云县燕尾港镇开山岛村党支部，一块是灌云县燕尾港镇开山岛村村民委员会。原来，县委县政府特批开山岛为全国最小的行政村，整个行政村只有父亲、母亲和两个极少出现的渔民。父亲是村党支部书记，母亲是村委会主任。

当上村党支部书记以后，王继才每年能多上一份收入，虽然不多，但相比以前每年只有5700元收入来说，涨幅已经太大。

而更令王继才夫妇感动的是，他们孤岛上升旗的故事，竟传到了北京。一次，两人被邀请做节目，天安门国旗班第八任班长赵新风说：“中国已经富强，不能再用手持竹竿升旗了，我们要送夫妇俩一座标准的旗台和旗杆。”

2011年年底，一座专门制作的2米长、1.5米宽的全钢移动升旗台和6米高的不锈钢旗杆从北京来到了开山岛。

2012年元旦，一场特殊的升旗仪式在开山岛举行。

“国旗班第一任班长董立敢和天安门国旗护卫队官兵在开山岛升起了新年第一面五星红旗，他们还向我们捐赠了一面曾经在天安门广场飘扬过的国旗。”那一刻，注视着冉冉升起的五星红旗，两人觉得所有的艰难、痛苦都有了意义。

岛上的生活条件也发生了翻天覆地的变化。两年前，连云港市给夫妇俩装上了太阳能离网发电系统，岛上第一次有了电，夫妻俩也第一次看了电视。

那晚，王士花在值班簿里写下：“我们一家人围坐在电视旁看春节联欢晚会，非常高兴，孩子们都说，今年的晚会真好看。”

后来，部队又把两人的住房修缮一新，门窗变结实了，县里给他们装上了太阳能热水器，洗澡也方便了。每年建军节、国庆节、春节等节日，政府和部队的领导还会到岛上来看王继才夫妇。

有一次王继才上岸，遇到了一桩新鲜事：路过镇文化广场时，只见广场四周围满了人，群众演员正在演唱连云港市地方剧——花船剧。

“小船浪到河滩上。哎，大姐，你这船上装这么些蔬菜水果到哪里去的呀……是去慰问守岛英雄王继才、王士花夫妇俩的……”花船剧曲调悠扬。

“哎，这唱的怎么是我们啊。”王继才又惊又喜。

到村里后，老人告诉他：“你现在火了，花船剧、大鼓、琴书，唱的都是你哟。”回到岛上，王继才迫不及待地把这个新鲜事讲给王士花听。

“我们守岛，是尽自己的本分，没想到祖国和人民却这么关心我们，这份关心，我们无以为报，只能更认真地守好每一天。”老王说。

“28年来，光阴如刀，在你俩的额头刻下了难忘的记号。28年来，岁月似笔，把你俩的双鬓涂上一层霜膏……你俩与大海结下了不解的情缘，把爱的种子栽培在开山岛……你俩无私的奉献精神，像开山岛上的灯塔永远辉煌闪耀……”

离开的前一晚，记者站在门口，听着这首《夫妻哨所颂歌》。一阵海风吹过，苦楝树哗哗作响，仿佛是为这对夫妻的坚韧和坚守热烈鼓掌。苦楝树结出的苦楝子，仔细品味，也有丝丝甜意。（**本报通讯员韩灵丽、蔡檬檬、张曙光参与了此稿写作**）

**压题图片**：面积不足20亩的开山岛和岛上的五星红旗。

**本报通讯员 蔡檬檬摄（合成图片）**

▲ 升完旗后，夫妻俩开始一天里的第一次巡逻。

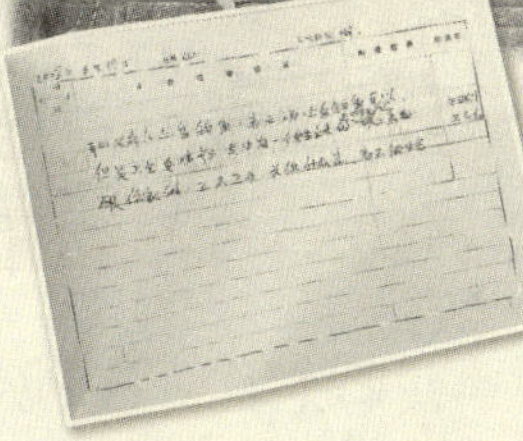

◀ 记录每天巡岛状况的值班簿。

本报通讯员 蔡檬檬摄

责任编辑：陈茵、徐畅 联系电话：010-67078851 电子邮箱：gmrbjk@gmw.cn 美术编辑：朱江

2015 年春节

我记得王继才给我放了一段他母亲的视频："儿子啊，你是为国守岛，就是我去世的时候你不在身边，我也不怪你。自古忠孝不能两全，但在我心中，尽忠就是尽孝，守海防就是尽大孝。"他哽咽着告诉我，老父亲、老母亲病重时，自己都在执勤，没能回去，"这视频，我反反复复看过几百遍，老母亲的叮咛，一辈子也不会忘记"。为海疆方寸土，置安危于度外，守岛便意味着要经受与亲人生离死别的考验，这一次，老王成了那个别离的人。

2015 年春节，我上岛和他们夫妻俩一同吃团圆

在开山岛过春节合影

饭、迎新春。王继才当时刚从北京参加完2015年军民迎新春茶话会回来。他兴奋地告诉我，习近平总书记亲切会见了全国双拥模范代表，总书记还和他聊了天。“总书记这么关心我们，我们更要守好开山岛，组织交给我的任务，我就要守岛守到守不动为止。”每次问起老王，要守到什么时候，他总这样跟我说，说要守到守不动为止。他没有说空话，这一次，老王看来真的是守不动了。

2016年“五一”，开山岛上的第30个劳动节，我再次上岛，岛上营房的门上多了副对联：甘把青春献国防，愿将热血化丹青。王继才乐呵呵地说是自己专门找人写的。岛上的旗杆被海风吹坏了，他急坏了，哪里顾得上睡觉，连夜修好旗杆。我问他：“没人要求，没人监督，没有人看，你为什么还要这么较真？”“开山岛虽然小，但它是祖国的东门，我必须插上中华人民共和国国旗。”王继才转过身子对我说，“只有看着国旗在海风中飘扬，才觉着这个岛是有颜色的。”我忘不了他当时的认真和他眼中溢满的深情和坚定，可这一次，老王升旗时沙哑却响亮的“敬礼”声却再也听不到了。

一朝上岛，一生卫国。王继才的一生，是以孤岛为家，与海水为邻，和孤独做伴的一生，他和妻子把青春年华献给了祖国的海防事业。1986年，也是在7月，26岁的生产队队长兼民兵营营长王继才

王继才、王仕花与女儿的合影

接到任务，第一次登上这个无人愿意值守的荒岛，人们都说，去守岛就是去坐“水牢”，但王继才最终决定服从组织安排，留了下来。妻子王仕花不忍丈夫一人受苦，选择辞去工作，和丈夫一同守岛。整整 32 年，夫妻俩过了 20 多年没有水没有电，只有一盏煤油灯、一个煤炭炉、一台收音机的日子。台风大作，无船出海，岛上的煤用光了只能吃生米；没有人说话就在树上刻字或是对着海、对着风唱歌；没有人接生就只能丈夫自己接生；植物都不能在岛上存活，一斤多的苦楝树种子撒下去只长出一棵小苗；儿女在岸上无人照看，家中失火导致孩子差点儿丢命；大女儿结婚时，化了 5 次妆都被泪水打湿，进礼堂时，一步三回头，可父母却迟迟没有来……

生活虽然苦，心里虽然苦，可王继才夫妇几十年如一日守着小岛，升旗、巡岛、观天象、护航标、写日志……每天的巡查日志堆起来已有一人多高，每个凌晨五星红旗都会冉冉升起，每次遭到上岛违法分子威胁甚至殴打也从不屈服。为了守岛，夫妻俩尝遍了酸甜苦辣，32 年，11680 天，枯燥、孤独、无助，每一天都重复着相同的日子，但王继才心中有一个信念：家就是岛，岛就是国，守岛就是卫国。

当王继才夫妇守岛事迹跨过黄海海面，伴随着各级媒体广泛宣传报道，人们才知道了开山岛，认识了王继才和王仕花，来自各方的关切也越来越多。岁月流转中，开山岛也发生着翻天覆地的变化，岛上的情况越来越好，太阳能和风力发电解决了用电难题，电视机、空调等家电一应俱全，6 间旧营房做了重新整修，盖上了卫生间和浴室。夫妻俩在岩缝间的“巴掌地”里种活了青菜，栽活了 100 多株小树苗，把石头岛变成了绿岛。可就在这个和当年上岛时一样炙热的 7 月，老王却永远离开了。

没有蔬菜，王继才、王仕花夫妻俩一次次从外面运来土，在石缝间种蔬菜

到达灌云，和老王见了最后一面，我在心里和他念叨：“你说守到守不动，老王，现在好了，你就好好休息吧！”

每次从开山岛上回来，我都在想，人们陆续地来，陪他聊聊天，喝点小酒，但热闹终归属于外面的世界，王继才从没有离开过这个方寸小岛，喧闹走远，寂静和孤独永远是开山岛的脾性，在岛上住两三天，我都急得直抽烟，又有谁能想象，王继才夫妇能忍受 32 年的孤独和坚守。

王继才给战士们讲守岛故事

大雨还没停，开山岛在哭泣，岛上无人值守……海风吹过，苦楝树哗哗作响，无花果树已结了一树的果子，狗还在等主人回来，哨所里的望远镜正静眺远方。老王，礁石上的那 4 盏灯可还能照亮你回来的路？

“两个人的五星红旗”变成了一个人的，我看着掩面哭泣的王仕花，想起老王曾和我说，是妻子的陪伴，冲淡了海水的苦涩腥咸。如今，老王走了，谁来守岛，谁来升旗？

老王曾说，因为这面每天飘扬的五星红旗，这么多年的苦和痛都有了意义。我仿佛又看到，当清晨5点的太阳跃出海平面，王继才带着王仕花，扛着旗走向小岛后山，一人升旗，一人敬礼，没有国歌，没有奏乐，却庄严肃穆。

“感动中国2018年度人物”颁奖盛典

# 五星红旗照常在开山岛升起

2018 年的最后一天，是全国“时代楷模”王继才离开的第 158 天。在没有王继才的日子里，王仕花牢记丈夫的嘱托，继续担任开山岛民兵哨所的名誉所长。这个新年是 1986 年后开山岛上第一个没有王继才的元旦。

2018 年 12 月 31 日，王仕花被儿子王志国接到南京过新年，这是王仕花守岛 32 年来第一次在岸上过新年。晚上 7 点，王仕花在儿子、儿媳妇和二女儿的陪伴下，守在电视机前收看习近平总书记的新年贺词。当总书记提到守岛卫国 32 年的王继才时，王仕花激动得泣不成声。“总书记还记得老王，我真的太感动了！”王仕花说，“我要牢记老王的嘱托，把他的守岛精神传承好、发扬好，把国旗护好，把小岛守好，让开山岛上的五星红旗永远高高飘扬！”

王继才离开的 158 个日日夜夜，王仕花走遍北京、新疆和江苏，做了 27 场王继才同志先进事迹报告会，将丈夫守岛卫国、坚守奉献的英雄事迹讲给全国人民听。“老王常说，要一直守岛直到守不动为止。老王的承诺就是我的承诺，老王守不动了，我要继续守下去。”

新年第一天，王仕花一家人包饺子、迎新年，一旁30个月大的小孙子在搭积木，其乐融融。“孙儿叫王向阳，是老王起的名字，意思是向着开山岛上冉冉升起的太阳成长，温暖明亮。”王仕花说，“这是老王的祝福，也是我的期望，希望他内心充满阳光，生活充满希望。”

2018年8月6日，习近平总书记强调，对王继才同志的家人，有关方面要关心慰问。对像王继才同志那样长期在艰苦岗位甘于奉献的同志，各级组织要积极主动帮助他们解决实际困难，在思想、工作和生活上给予更多关心爱护。元旦晚上，江苏省人大常委会教育科学文化卫生委员会主任周琪和王仕花女儿所在的南京市人社局局长刘莅听闻王仕花在南京，便主动邀请他们吃了顿团圆饭。“国家和社会的关怀不断，让我觉得自己时刻被暖流包围着。”王仕花说，“在社会各界的帮助下，我们一家的生活有了保障，老王的烈士抚恤金就有26万多元，开山岛上的日子也越来越好了。”

如今的开山岛，新架起了信号接发器，小岛上有了无线网络；岛上的厨房修葺一新，养了4只会下蛋的母鸡……“感谢国家和各级党组织对我的关照，我很感激，也很感动。这个冬天虽然冷，但大家的关心让我感到暖暖的。”

新的一年，王志国的工作也有了新变化。他被调入海警某部继续服役，用一身橄榄绿，圆父亲惦念一生的从军梦。

这一天，开山岛迎来第一个没有王继才的元旦。

早晨7点03分，天刚刚泛白，潮水从海天尽头涌来，拍打着岛岸礁石。刘文金、马洪波、武建兵三位自愿守岛的民兵迎着晨曦，向山顶的升旗台走去。在高昂的国歌声中，五星红旗冉冉升起，映红了整个开山岛。王继才那沙哑却响亮的“敬礼”

王继才去世当日在开山岛升起的最后一面国旗

声似乎穿越时空，萦绕在每个人的耳畔。

“总书记在新年贺词中特别提到了我们的守岛英雄，这让我们备受鼓舞和激励。”刘文金在电话里告诉记者，2018 年 9 月 25 日是他第一次上岛，每天早上，看着五星红旗升起，才真正理解王继才说的“守岛就是守家，国安才能家安”。“我要像王继才一样，让国旗在开山岛上永远飘扬！”

新年第一天，五星红旗照常在开山岛升起，苦楝树哗哗作响，岛上生机盎然，一切都是王继才临走前的模样。

## 英雄并未远去

1986 年，26 岁的王继才奉命守卫开山岛。彼时，岛上怪石嶙峋、寸草不生，没有水也没有电，一盏煤油灯、一个煤炉、一台收音机，就是全部家当。

32 年来，王继才与妻子王仕花以海岛为家，与艰苦为伴，始终抱定“守岛就是卫国，国安才能家宁”的信念，无怨无悔，默默坚守，把青春年华全部献给了祖国海防事业。2018 年 7 月 27 日，王继才在执勤时突发疾病，经抢救无效去世。王继才牺牲后，中共中央总书记、国家主席、中央军委主席习近平对王继才同志先进事迹作出重要指示强调，王继才同志守岛卫国 32 年，用无怨无悔的坚守和付出，在平凡的岗位上书写了不平凡的人生华章。我们要大力倡导这种爱国奉献精神，使之成为新时代奋斗者的价值追求。

海岛倾热泪，丰碑奠忠魂。2019 年 8 月 31 日下午，骄阳似火，海风拂面，开山岛上一片肃穆。全国人大常务委员会副委员长丁仲礼等共同为全国“时代楷模”、守岛英雄王继才的铜像揭幕。

“传承是最好的缅怀，奋斗是最好的告慰，通过雕塑的方式来凝固守岛英雄王继才的形象，让他的精神世世代代流传下去，这是非常有意义的。”丁仲礼说，时代造就了英雄，英雄也鼓舞了时代，王继才同志用一生诠释爱国奉献的精神，激荡时代、历久弥新。

海风阵阵忆往事，一草一木皆序章。岛上的灯塔、瞭望台、航标、测风仪仍在坚守，菜园、捕鱼点、水窖等还在。王继才亲手栽下的桃树，如今枝繁叶茂，长势喜人。被称为王继才夫妇精神之树的苦楝树，象征着永不屈服，缅怀的人们经过树下，不约而同地驻足一会儿，仿佛能通过这些石头缝隙间的生命，看到瘠薄岁月里开出的大美之花。

对王仕花来说，每天清晨，红日升起的时候，

左图：“时代楷模”王继才铜像捐赠暨落成开山岛仪式

右图：王继才雕像（青铜铸造，吴为山作品）

她还会像几十年来的每一天一样，到后山升旗、敬礼，在大海的涛声中，完成内心深处最虔诚的注目。

下午4时许，伴随着阵阵海风，由中国美术馆馆长吴为山创作的、扶着望远镜凝视远方的王继才铜像缓缓显现，似守护神般矗立在岛上。落日的余晖中，铜像似乎被注入了王继才的灵魂，记者耳边又回想起他常说的那句话：“家就是岛，岛就是国，守岛就是卫国，我要用一辈子的时间守卫开山岛。”如今，王继才终于永远地留在了开山岛，践行他一生守岛的诺言。

坐着小船远去，海浪依旧拍打着礁石，海鸥还在空中盘旋，王继才的雕像越来越小，而开山岛上的五星红旗却愈发鲜艳。海风习习中，王继才的声音似乎从远方传来，他说他要继续守护这个岛、这片海域、这个国家。

“‘天地英雄气，千秋尚凛然。’一个有希望的民族不能没有英雄，一个有前途的国家不能没有先

话剧《守岛英雄》剧照

电影《守岛人》海报

锋。”习近平总书记敬重英雄、崇尚英雄，并在多个场合表达过对英雄的敬仰之情。要实现中华民族伟大复兴的中国梦，更需要许许多多像王继才这样的平凡英雄。

英雄并未远去！

## 人物档案

毛相林，男，1959 年出生，汉族，中共党员，初中文化，重庆市巫山县竹贤乡下庄村村委会主任。1997 年，担任老下庄村支书的毛相林带领村民向绝壁挑战，历经 7 年时间在悬崖绝壁上凿出一条“天路”。2005 年，毛相林又带领村民脱贫攻坚，历经 13 年时间探索培育出“三色”经济。

2019 年 9 月，入选“中国好人榜”。

2020 年 11 月 18 日，被中共中央宣传部授予“时代楷模”称号。

2021 年 2 月 17 日，获得“感动中国 2020 年度人物”荣誉。

2021 年 2 月 25 日，被授予“全国脱贫攻坚楷模”荣誉称号。

2021 年 6 月，被评为“全国优秀共产党员”。

# 愚公精神的当代传奇

## ——“时代楷模”毛相林的故事

早就听说重庆市巫山县有一个靠修路脱贫的山村，我出生在太行山上，多次采访河南红旗渠，2008 年汶川地震时还曾六进汶川，走过太多的高山峡谷沟沟坎坎，对这次的采访信心满满。然而，5 月 24 日，当我真正来到重庆巫山县下庄村时，着实还是吓了一跳。

悬崖边上的山路是下庄村与外界联系的唯一道路

下庄村位于巫山县小三峡的深处，整个村子被“锁”在由喀斯特地貌形成的巨大“天坑”之中，可谓与世隔绝。百余年来，靠着土肥水美的地质条件，村民们日出而作、日落而息，自给自足。巴山蜀水造就了下庄，也困住了下庄。“下庄像口井，井有万丈深；来回走一趟，眼花头又昏。”这是下庄村民祖祖辈辈传下来的打油诗。2000 年以前，村里 150 多人一辈子没有离开过大山，160 多人没见过公路，360 多人没见过电视，更别说高楼和汽车……闭塞的交通束缚了人们挣脱贫困和封闭的双手，阻挡着全村通向文明和富裕的脚步。

“要想富，先修路。”不甘“坐井观天”的下庄人产生了在悬崖上凿出一条路的念头。于是，从 1997 年起，7 年时间，108 人，前后 6 人牺牲，硬是开辟出 8 公里的羊肠小道。这条细细长长的小道，是下庄人的生存之路，百年闭塞的村子从此见到了“光”，打那天起，下庄修路致富的步子再也没停下来过。

下庄旧貌

下庄新颜

“人是要有一点精神的。”1945 年毛泽东写《愚公移山》，写的是一份深切的期盼，如今一群人用行动将期盼化为现实，续写了愚公精神的当代传奇。

## 下庄之梦：一个走出大山、惠及子孙的梦想

人类不能没有梦想，就像不能没有太阳。一旦胸怀梦想，每一个人都会成为太阳。而中华民族，自古就是个有梦想的民族。下庄人，用血汗之躯向大山宣战，只为圆一个世代的梦想。

20 世纪 90 年代，大山里的老百姓脱贫，往往“靠着山脚晒太阳，等着别人送小康”。而在巫山县小三峡的深处，有一群人，他们怀揣走出大山、造福后代的梦想，开始用双手双脚在海拔 1100 米高的悬崖峭壁上凿出一条“天路”。

他们是下庄人，也是当代愚公。

翻越两座山头，沿着悬崖边上的山路颠簸了一个多小时，我们终于来到下庄村。

初至此，俨然到了一口“天井”之中，四周高山绝壁合围。村主任毛相林告诉记者，从“井口”到“井底”，垂直高度 1100 多米，而“井底”直径

1.3 公里，井口直径不到 10 公里。过去，全村 4 个社 96 户人家 397 人就住在“井底”。而连接外界的唯一的“路”，是近 70 度山体上的三个大台阶和 108 道“之字拐”。村民们去巫山县城，要经由逼仄的古道翻越悬崖，一来一回至少 4 天。

凶险的地形把一个个鲜活的生命禁锢在了山底。下庄人世世代代都生活在这山沟沟里，仿佛被世界遗忘，被时代遗弃了，贫穷在心底焦灼。“山里的水果成熟了却运不出去，只能烂在地里；大量的药材无法销售出去，只能烧了火；成群的猪羊赶不出山；生了急病的村民抬到半路就咽了气；山外的姑娘打死也不往山里嫁，男人们只能打光棍……”毛相林说，许多人从生到死都没能走出大山一步。

外面的世界明明那么近，只隔着这一座山；外面的世界却又那么远，只有耳闻，从未目见。下庄人做梦都想看看山外的天空。

1997 年，时任下庄村党支部书记的毛相林在县里干部班培训时，看到了过去封闭落后的邻村，如今家家电灯亮、户户电视唱、幢幢洋楼起、路上汽车忙的景象，被深深地刺激了。难道下庄村注定要与世隔绝吗？难道下庄人要一辈子困在这“井底”穷下去吗？培训回来，毛相林坐在“井口”之上，望着远处的苍穹，不停地问自己。

这个被称为“毛矮子”的小个子男人，回想起当年入党时的誓言：我誓死忠于党、忠于人民！“我用什么为人民办事？忠于党又能为党做些什么？”来自内心深处的发问，让毛相林起了一个念头——修路。

“我毛矮子虽然个头小，却不是无能之辈，我要修路，再难也要修，抠也要为子孙后代抠出一条路来！”中气十足的呐喊在山间回响，激荡起向贫穷和闭塞宣战的决心和勇气。

下庄村不是没有修过路，却一直都没能修成。毛相林的想法在村民中引发了不少质疑和反对，他便和驻村干部方四才一遍遍跟村民磨嘴皮算细账：“山凿一尺宽一尺，路修一丈长一丈。如能前进一丈，绝不后退一尺。我们修不完还有儿子，儿子修不完还有孙子，总有能修完的一天。”

村民们渐渐动了心。“修吧！”“我同意修！”“我也支持修！”……乡亲们纷纷高举手臂，一场征服自然挖掉穷根的战役，就在这些青筋暴突的庄稼汉手中，打响了。

这是愚公移山般的坚定与决绝。愚公感动“操蛇之神”和“天帝”而得助，而下庄人靠着自己的双手和身体，扑向大山，攀上万丈悬崖，向天要路。

## 下庄之气：一派坚韧不屈、无所畏惧的气概

传说中的愚公率子孙移山，至死不悔；下庄人为修路而战，生生不息。世界上从未有一个民族像中华民族这样，历经五千年，无论浸泡在怎样的苦难当中，始终不怨天尤人。这，就是中华民族坚韧不屈、无惧无畏的气概。

1997 年 12 月，鱼儿溪畔的龙水井处，白雪皑皑，阴冷的风在山间呼啸。“路我们自己修，就算蚂蚁啃骨头，也要在悬崖边上啃出一条路来！”随着毛相林的一声令下，下庄人炸响了第一个开山炮。

在绝壁上开出一条“天路”，远比想象的更加艰难。没有工具，他们就用最原始的方法：“土专家”放红绳，在半山腰荡着“秋千”勘测地形；村民腰系长绳，悬在空中钻炮眼，炸出个“立足之地”；用大锤、钢钎、簸箕等简单的农具开凿希望；白天劳作，晚上便宿在山洞里，以天地为席，与蛇

参与修路的下庄村村民把“厨房”搬到了施工现场

鼠为伴……

某天夜里，两声尖叫划破宁静，原来是一条蛇钻进了被子，两名修路的妇女被惊醒，她们下意识抓起蛇往外扔。幽暗的月光下，蛇坠下峡谷，可她们再也睡不着了，互相依偎坐到天明，无声的泪珠一颗颗滑过脸庞。

路，在悬崖上艰难地推进。即使尽可能做好了防护措施，意外还是发生了。

1999 年的一天，黄会元像往常一样，用凿岩机开凿石头。或许是岩石太坚硬，刚钻了半米，机器就罢工了。他正准备过去看看情况，一块巨石从头上砸下来，他来不及呼喊便被推进了万丈深渊。那一年，黄会元刚满36岁。

正在山上修路的袁孝恩等人，目睹了黄会元坠崖的全过程。他们怔了半晌后，齐刷刷地脱掉上衣，手持平常点炮用的香，朝着黄会元坠落的方向，一齐跪下，既是祈祷黄会元一路走好，也是祈求上苍保佑下庄人能够平安地修通公路。香烟袅袅，乌鸦哀啼，六个宛若雕塑的汉子，跪在崖边一动不动，坚毅的脸上满是悲恸。

黄会元出事的那天，恰逢巫山县领导进村看望修路的村民。刚走到村口，就听说出事了。他们赶到事发现场，站在悬崖边，手拉着手向下望，只见下面深谷乱石中有一点黄色，那是黄会元的安全帽。

意外并不是第一次发生。50多天前，26岁的沈庆富也在施工过程中不幸遇难。袁孝恩看到县里来干部，生怕不同意他们继续修路。“这条路才修了不到一半，这是死的第二个兄弟了，我们对不起他们，但是下庄村要想摆脱贫穷，这条路必须修啊！”说着，袁孝恩扑通一声跪在了时任县委书记王定顺跟前。王定顺一把将袁孝恩拉起来：“你们为子孙后代修路造福，下跪的应该是我们啊！”

路，还要不要继续修？如果继续，还会不会有人牺牲？接连两次意外，让曾无比坚定要带大家修路脱贫致富的毛相林，第一次有了动摇。

“大家今天表个态，这路修还是不修？”在黄会元的灵堂前，毛相林内疚地问。

“修！”人群里第一个回答的，正是黄会元 72 岁的老父亲黄益坤，“儿子死了，我很心痛，但他死得光荣。他去了，还有孙子，只要下定决心，子子孙孙一条心，总有一天会摆脱贫困！”老人的话掷地有声，撼动着每一个下庄人的心。

“修！”“必须修！”“我也支持修！”……黄会元的灵堂前响起了一声声斩钉截铁的回答。

这样血淋淋的牺牲并没有在黄会元这里终止，陆续又有 4 人倒在修路的过程中。而灵堂前那一声声此起彼伏的“修”，早已成约定。

一个国家真正的财富，不仅在于拥有有形的物质力量，更在于拥有无形的精神力量。经济的发达，可以为一个国家贴上“强大”的标签；而唯有精神的力量，可以让一个国家扛得起“伟大”的字眼。

蜀道难，难于上青天。下庄人修路，无异于上青天。尽管死伤众多，他们仍不放弃。为何？正是一种坚韧无畏的精神力量支撑着他们。路，能不能修得好？没有人知道。这一搏是不是最后一搏？没有人能回答。可毛相林说，下庄人认死理，一条道走到黑，就能成功。天不能改，地一定要换。

这就是下庄人的气概，他们置生死于度外，历尽艰难险阻，忍受常人难以承受的巨大痛苦——明知力不能支而殊死搏击，直到最后一息。

## 下庄之魂：一种家国至上、故土难离的情怀

8公里108人6条命，这不是一串简单的数字罗列，而是用7年时间积累起来的一份穷家难舍、故土难离的情感积淀，一份生计更新、未来重置的命运嬗变，一份几代人接棒守护、传承不息的家国情怀！

那么苦，难道没想过彻底搬走？

“搬走岂不是要挤占别人的地？如今下庄500口人500张嘴就是500个生计难题。”毛相林摇摇头，“我们不能给别人添麻烦，更不能给国家增负担。”

“你看这地这么肥，粮食长得这么好。如果搬走，这片土地就荒了。”毛相林一边说着，一边用锄头在自家地里挖出了5只圆溜溜的洋芋。这些年，下庄村不乏因为打工、升学等搬进城镇居住的村民，距离田地远了，便将它常年撂荒、闲置。看着大片的良田被七高八低的荒草覆盖，毛相林很是心

疼：“祖祖辈辈的汗水、心血都留在了这里。若荒废，地虽在，但却失去了它应有的价值和意义。”

大山深处是下庄人祖祖辈辈繁衍生息的地方，是他们赖以生存的根！因此，搬家还是移山，下庄人毫不犹疑地选择像愚公般移山，硬生生在山中凿出一条路。

2004 年，整整 7 年时间，在毛相林的带领下，下庄村的“愚公”们终于在绝壁上“抠”出了一条 8 公里长、2 米宽的机耕道。下庄通路了，几代人的梦想终成现实。

激动之余，毛相林开始为下庄的发展操心。“老支书临终前，心里挂念的就是下庄的未来。”毛相林说，“如今路通了，但我手中那根脱贫致富的‘接力棒’依旧滚烫。”

戴着贫困村帽子的下庄村让身为党员干部的毛相林难受又自责：“有条件要干，没有条件创造条件也要干，必须想办法摘帽，跟上脱贫步伐，才不辜负党和政府的关心，不辜负老支书的嘱托！”

下庄村是整个乡里唯一的低山村，相比其他村气候条件更好。传统的苞谷、红薯、洋芋“三大坨”不施肥不打药，不仅长得好，吃起来也香。从前没有路，吃不掉的红薯就只能喂猪。如今有了路，下庄人再也不用面对粮食、水果吃不掉也卖不掉的窘境。

“看到别人日子越过越红火哪有不眼热的？”打听到曲尺乡柑橘种得好、双龙镇钱家坝的西瓜供不应求，毛相林心动不已，和村干部一起乔装打扮成跑买卖的客商，见缝插针“刺探情报”、偷师学艺、打听销路。“一次不行跑两次，脚板磨起了泡，就套双袜子再出门。”看着村里逐渐挂果的片片田地，毛相林又浑身充满了干劲。

毛相林为果树剪枝

下庄村柑橘丰收

近几年，在政府的支持下，毛相林带领村民“抱团儿”建立合作社，不再满足一家一户零散种植，开始把果蔬种植产业化。“运输和销售都不用操心，直接有专门的货车来拉，我们只管把地种好，剩下就等着数钱儿。”下庄人的勤劳有了用武之地，生活就开始发生翻天覆地的变化。

2015年，下庄村率先在全县完成整村脱贫。现今，下庄村共种植柑橘650亩，辅以几百亩的西瓜、小麦、脆李、南瓜。村里还配套开设了厂房，加工麻油和麦子面条。下庄村形成了以瓜果为主，多种产业共同发展的农业产业格局。现在的下庄人均年收入在1.2万元左右，是修路前人均300元年收入的40倍。

毛相林知道，下庄要谋发展，还需要后代年轻人接棒守护。但教育资源的匮乏，让下庄留不住那些为让孩子接受更好教育而搬到县城的村民。

下庄村唯一的小学最初是由保管室改造的，条件简陋，房顶雨天漏雨，滴湿了桌面，无法学习不说，还严重威胁着学生的生命安全。毛相林急了，“再穷不能穷教育啊”！便号召全村人一起将学校翻修加固，多方助力下终于修成了如今崭新的砖房校舍。

路修通后，孩子们在公路上快乐地奔跑游玩（卢先庆摄）

在下庄村村小，孩子们精神抖擞地做操（卢先庆摄）

原乡下庄，打造旅游富民之路

“他对下一代的教育特别用心。”如今竹贤乡小学下庄教学点唯一的教师张泽燕这样评价毛相林，“每学期期中、期末考试都要来监考，还要给学生们讲政治课，作为一名村干部，太特别了，没见过他这样的。”

2004 年通路以后，全村有 36 人外出上小学、132 人外出上中学，29 人考上了大学。看着越来越多的孩子走出大山，到城里，到大城市，彻彻底底通过上学改变命运，高兴之余，毛相林对下庄村的教育也有着新期待，“希望随着下庄的发展，更多的年轻人能看到希望，愿意回来用自己学到的知识改变家乡的面貌。慢慢来吧，问题会逐步解决，一切都还需要时间”。

心之所愿，无所不至。一代代下庄人执着地守护着他们的精神家园，倾尽所有让故土一点点变得更好，他们身上映现出的，是中华民族世代传承的故土难离、家国至上的文化基因和精神根脉。

## 下庄之心：一颗脱贫致富、向往美好的初心

光阴弹指过，未染是初心。23年前，理想是生存，下庄人与自然抗争劈山修路，努力实现脱贫清零任务。23年后的今天，理想是幸福，是与自然和谐共生，在追求美好生活的路途中，精神再升华、力量再爆发、发展再跨越，在创新发展中继续闪光。

下庄人是闲不住的，这是一群虽然吃饱了饭，还要为梦想“追风逐日”的人。

2015年，毛相林再次扛起修路大旗，带领村民用半年时间将机耕道升级成了3米宽的碎石路，车子能进村了。2017年，在县委、县政府支持下，道路完成了硬化加固，并加装了护栏。如今从下庄出发到县城，只需要一个半小时左右。

“不等不靠，幸福要自己造。”正如下庄村村口竖着的这条标语，下庄人正凭借着这股精神，一鼓

盘活山里的不动产，发展生态文旅是毛相林的新梦想

作气大踏步向致富路、小康路、幸福路迈进。

离开下庄前的那天清晨，记者与毛相林相约重走那条印满下庄人初心的“下庄古道”。看到特意换上运动鞋的记者，穿着皮鞋的毛相林提前打起了“预防针”：“我们走到哪儿算哪儿，不能走了就回来。”

眼前的山路，被密林覆盖，时隐时现，时断时续，蜿蜒看不见头。

记者小心翼翼，面对一会儿上坡、一会儿下坡的情形，手脚并用，几次都差点摔跤。不时低头望去，总能惊出一身冷汗。而前头领路的毛相林，则一路背着手，落脚极快，丝毫不曾犹豫，还总忙着把荆棘枝杈扒拉到两边，清出一条道来。

一公里山路，竟走了一个小时，才仅仅到达第1个“大台阶”。毛相林说：“要想翻过这座山头，还需要再爬过3个这样的台阶。”此时的记者早已大汗淋漓，心慌到捂着胸口说不出话。

这样崎岖难行的山路，毛相林从前一年要走不

“我读了这篇报道，深受感动。毛相林同志是个老典型，他的事迹和精神仍具有时代价值，并且他们脱贫致富的事业还在继续，值得总结和宣传。”
——中央政治局委员、重庆市委书记陈敏尔在市委宣传部《关于毛相林同志前期学习宣传情况的汇报》和2020年7月4日《光明日报》头版头条报道《愚公精神的当代传奇》上的批示
光明日報
GUANGMING RIBAO
愚公精神的当代传奇
——重庆下庄人在绝壁上凿出脱贫路
精神的力量是无穷的

本书作者郑晋鸣

下百次。只为能够将山外的繁华带进山里，将山里的希望带到山外。

回到山下，记者走在如今平坦干净的新路上，已随处可见在田间埋头苦干的下庄人，不少村民家门口停着各式摩托车、小皮卡，还有邻村村民骑着摩托专门拉着小鸡仔、小鹅仔来往穿梭叫卖。下庄村已然一派忙碌景象。

见到村民刘恒玉时，70 岁的他正和妻子在田里翻弄着一块红薯地。“这么大岁数了整天干农活累不累？”刘恒玉想都不想就回答：“当年修路都过来了，还有比那更苦更累的吗？”牺牲在修路过程中的沈庆富正是刘恒玉的女婿。说到女婿，刘恒玉突然哽咽：“如今女婿的牺牲换来了乡亲们的好日子，值了！”

刘恒玉是一个不善言辞的人，一着急甚至有些口吃，但讲起自己的收成时，分外流畅。刘恒玉指着远处一片柑橘林，喜滋滋地说：“那一片都是我的地。我的 10 亩柑橘，去年收入 2 万多元。明年

左图：郑晋鸣与毛相林交谈

右图：郑晋鸣与村民交谈

是柑橘盛产期，收成还能比去年翻倍。”

在下庄村，64 岁的五保户张胜生同另外 3 户一同被安置在了一栋 3 层楼的“五保户”安置房居住，通过“集中居住、独立生活”的模式，小日子过得有滋有味。

2018 年，张胜生告别了过去的破旧窝棚搬进了新房，一间近 40 平方米的房子里有着独立厨房和卫生间。“这房子好哩，啥都有。”张胜生兴奋地给我展示着屋里的摆设，别人送的电视机，别人送的柜子……还隆重介绍了一台自己花了 500 元在县城买的洗衣机。“我是享了国家政策的福，一年补贴

下庄新时代文明实践站

7000多元。自己还种了2亩地，一年能收800斤麦子。有吃有穿，日子好过得很。”张胜生笑呵呵地说。

干净平坦的水泥路通村入户，仿若一条清晰的“血脉”，构建起全村内畅外联的发展新格局。路宽了平了，日子好起来了，老百姓的心敞亮了，但毛相林的心却依然没有放下。

与毛相林交谈时，总是觉得这是个温和腼腆的普通农民。然而谈到要不要退休，62岁的毛相林言语间透出不一般的硬气：“现在还不能退，我还有事没做完。”面对记者追问的目光，毛相林沉吟了片刻，郑重地说，他计划在2023年带领全村人奔更高水平的小康：人均年收入达到2.5万元。全村目

郑晋鸣在下庄天路

前达到这个水平的大概只有 20%，离毛相林心中的“小康”还有着不小距离。

盘活山里的“不动产”，发展生态文旅是毛相林的新梦想。“我们这儿抬头即是景，发展旅游业再应该不过了。”可是，农房改造需要资金，村民们没看到效益，都担心这是赔本生意。于是，毛相林身先士卒，带头改造自家房屋，办起了村里第一家民宿。每年红叶节期间，毛相林的民宿平均每天能接待上百名客人，短短一个月，就为他带来上万元收入。

有了毛相林带头“吃螃蟹”，一些胆大的村民也跃跃欲试，村民们逐渐尝到了旅游业带来的甜

下庄村村民悠闲生活，怡然自乐

头，发展乡村旅游业的热情空前高涨。2017 年，县里投入资金，帮助下庄村实施民宿改造计划，建成了 19 栋 34 户风貌统一的乡村民宿，还有 65 栋 79 户尚在建设中。特别的是，当下每家每户的外墙都是裸露的青砖色，问及此，毛相林说："已和上级申请了，争取明年村里给统一刷上赭黄色，看起来会更漂亮、更有乡村风味。"

乡亲们争相传看毛相林“全国脱贫攻坚楷模”荣誉奖章

“即使我们不出去，也要让顾客自己走进来。”下一步，毛相林要将下庄的产业发展注入文化因子，提升内涵和品质，吸引更多的技术、资源向下庄流动。“目前我们与巫山县博物馆合作建设的‘下庄精神陈列馆’已初具雏形，未来我们还将着重打造‘下庄古道’‘桃花源’等旅游景点，吸引更多游客来寻访这条‘天路’。”这群质朴的村民憧

# 下庄精神陈列馆

毛相林在下庄村“下庄精神”文化陈列馆介绍当年修路的故事（卢先庆摄）

毛相林向客人讲解下庄村的变化（卢先庆摄）

毛相林向县林业系统的同志讲述下庄人的故事（卢先庆摄）

四川达州的客人争相与毛相林合影（卢先庆摄）

下庄如今吸引了大量的外地游客

憬着美好新生活，他们要用自己的双手，继续修出一条通往幸福的路。

采访结束了，离开下庄的那一刻，毛相林和众多闻讯前来的村民执意要将我们送出大山。渐行渐远，透过车窗，乡亲们的身影和大山融为一体，挺拔有力。山风有情，我的眼睛不觉湿润了。

此时此刻，再问“精神”是什么？对下庄人来说，就是世代追逐着的走出大山、惠及子孙的梦想，是凝结着的坚韧不屈、无所畏惧的气概，是饱含着的家国至上、故土难离的情怀，更是坚守着的那份脱贫致富、向往美好的初心。正是这样的下庄精神，换来了峭壁变通途，撑起了巍巍大山的脊梁。

赵亚夫

## 人物档案

赵亚夫，1941 年出生于江苏常州，1961 年参加工作，1966 年加入中国共产党。先后担任镇江农科所所长、党委书记，镇江市人大常委会副主任。中共十四大代表，第十二届全国人大代表。

赵亚夫，六十年如一日，扎根茅山老区，“把论文写在大地上、把成果留在农民家”。累计推广农业新品种、新技术 300 多万亩，惠及 16 万农户，助农增收 200 多亿元。带领群众走出了一条茅山革命老区“以农富农”的小康之路，践行了一名农业科技工作者的历史责任、一名共产党员的使命担当、一名领导干部的赤子情怀。

2014 年 5 月，被中共中央宣传部授予“时代楷模”荣誉称号。

2015 年 10 月 13 日，被授予第五届全国敬业奉献模范称号。

2018 年 12 月 7 日，入选江苏改革开放 40 周年先进个人名单。

2019 年 9 月 25 日，被评选为“最美奋斗者”。

2021 年 2 月 25 日，被授予“全国脱贫攻坚楷模”荣誉称号。

# 在泥土中叩问生命的意义
## ——“时代楷模”农业专家赵亚夫的故事

### 他心中的楷模——瞿秋白

1941 年，赵亚夫出生在有着 3200 多年历史的文化名城——江苏常州。常州人杰地灵，历代名人辈出，如季札、张太雷、瞿秋白、华罗庚等。

赵亚夫 4 岁丧母，外婆将他带大，外婆虽然没有文化，但是很会讲故事，每天晚上外婆都给他讲行善积德、善恶有报、尊老爱幼、诚实守信的民间故事。外婆家住在常州有名的八桂堂（青果巷 82 号），紧挨着瞿秋白故居。外婆也给赵亚夫讲瞿秋白的故事。外婆讲的瞿秋白的故事，虽然不够准确，但是，赵亚夫知道了瞿秋白是个大好人、大英雄。1919 年五四运动爆发，在体力透支和神经高度紧张的情况下，中国共产党早期领袖瞿秋白等一大批革命志士在酷热中奔波于街头，联络、组织、演讲，而那时的瞿秋白还要忍受肺病煎熬的痛苦。1935 年瞿秋白不幸被捕，敌人逼他投降，他坚决拒绝，视死如归，高唱自己翻译的《国际歌》走向刑场，慷慨就义，年仅 36 岁。他用自己的热血和青春，实践了誓言——愿化作震碎旧世界的惊雷！瞿秋白这些感人的事迹，随着赵亚夫一天天长大，逐渐积累，深深地印在他的脑海中，瞿秋白成为他心目中的大英雄。

赵亚夫到了该上学的年龄，外婆送他到觅渡桥小学读书。觅渡桥小学创办于 1841 年，原名“冠英义学”，是有着百年历史的老校，1928 年更名为“觅渡桥小学”。这也是瞿秋白的母校，赵亚夫有幸成了瞿秋白的校友；更巧的是，赵亚夫的老师竟是瞿秋白的挚友——羊牧之。

赵亚夫每当回忆起他的童年，就会想起羊牧之先生。当年，先生每当讲到瞿秋白就情不自禁地

2014年8月，瞻仰瞿秋白故居

对同学们说："光明和火焰从地心里钻出来的时候，难免要经过好几次的尝试，探路共产主义，宁肯舍其事而成其心。"羊牧之先生那抑扬顿挫、铿锵有力的话语，激发起赵亚夫对革命先驱瞿秋白的敬仰之情。他是中国共产党早期主要领导人之一，也是中国革命文学事业的重要奠基者之一。他用青春和热血践行了自己的誓言——愿化作震碎旧世界的惊雷！至今还激励着后人。

1986年，瞿秋白的故居建了"瞿秋白纪念馆"，这是赵亚夫每次回乡必去的地方，常常一待就是半

进入戴庄，介绍“亚夫精神”的宣传牌竖立在路边

天。“为了革命，瞿秋白献出了生命；而我活着，是为了什么？”这个问题，赵亚夫自问了无数遍。在农民心中，赵亚夫是大好人；而在这位大好人心中始终有一位英雄——瞿秋白，激励着他一辈子前行。

## 学农——让种粮食的人先吃饱肚子

1958 年，赵亚夫考上了宜兴农林学院，这是一所刚成立的农科大学，是在当年在这里打过游击的新四军老同志倡议下成立的，目的是为江苏丘陵山区开发培养农业人才。但是，新建校，各方面条件都不是很好，有些同学不想学农，离校了，同班 50 多人，最后只留下 17 人。赵亚夫也动摇过，但经历了一件事以后，他改变了想法。

有一次全校师生到山区农村，与农民同吃、同住、同劳动，这里正闹饥荒，同学们切身感受到了

左图：17 岁就读宜兴农林学院农学专业

右图：1961 年毕业后被分配到镇江专区农科所（1983 年更名为江苏丘陵地区镇江农科所）

农民的疾苦，最困难的时候吃米糠和稻草粉饼。有一天赵亚夫去医院看病，走廊、院子到处挤满了病人，几乎都是乡下来的农民，个个面黄肌瘦，他们本来就饿着肚子，怎么能扛得住病痛？病房里传来了失去亲人、撕心裂肺的哭喊声，令人心碎，直到现在他都没有忘掉。

1961 年，20 岁的赵亚夫，从宜兴农林学院毕业，被分配到镇江专区农科所工作。当时，正是三年困难时期，赵亚夫跟着他的指导老师——著名的农业专家任承宪，到丘陵山区搞资源调研，农村贫穷落后的面貌，深深刺痛了他的心，赵亚夫的泪水止不住流下来，这也激发了他投身农业科技的决心，一定要改变农村落后面貌。怎么也得让种粮食的人先吃饱肚子啊！

1963 年春天的一个晚上，赵亚夫含着眼泪看完了电影《雷锋》。雷锋和赵亚夫是同龄人。他想，22 岁的雷锋“把有限的生命投入到无限的为人民服务中去”，做了那么多平凡而伟大的事情，可自己呢？

全国劳动模范陈永康在田间做施肥示范

刚走出校门，还什么都不懂呢，差距太大了。

当晚，赵亚夫就写了入党申请，决心向雷锋同志学习，听党的话、跟党走，为农民服务一辈子。可以说，雷锋是赵亚夫心灵上的入党介绍人。

1964 年，赵亚夫参加了推广全国劳动模范陈永康水稻高产经验样板工作组，在武进县横林公社杨歧四队蹲点。他住在农民家里，边向农民学干农活，边教他们水稻新技术，专区经常来召开现场会。当时水稻亩产只有六七百斤，陈永康有水稻稳定亩产千斤的本领，省里号召农业科技人员向他学习，大力推广陈永康的高产经验。陈永康是当时年轻人心目中了不起的榜样。

从那时起，赵亚夫把自己交给了苏南大地，交

赵亚夫在扬中蹲点

给了茅山革命老区。

他们先后在武进、丹阳、宜兴等地蹲点 7 年，到苏南最贫穷落后的丘陵山区，为农民提供技术指导。蹲点期间，赵亚夫白天在生产队里干活，晚上和大家一起学《毛选》、记工分，虽然劳累，但和大家相处得很融洽。有一次，工作组要调赵亚夫去另外的大队，村民不愿意，聚到一起找领导，说“小赵不能走”，硬是把赵亚夫挽留了下来。赵亚夫在日记中写下了：“永远牢记他们的友情，今后要更好地为他们服务。”为了帮助农民寻找出路，他进行过三次探索，第一次探索是把草莓引进句容。

## 远渡扶桑，引进种植草莓

1982年，受省里派遣，赵亚夫等8名镇江地区农技干部组成的农业研修组，赴日本进行为期一年的研修，赵亚夫被任命为组长，他主要学习稻麦栽培技术，其他人学习蔬菜、畜牧等。那一年赵亚夫已经41岁了。

临行前，省对外友协对他们进行了3个月的日语、礼仪培训。人到中年，要学习一门外语，谈何容易。但是，必须过这一关，语言不通何谈交流，他十分珍惜这次机会。于是，赵亚夫疯狂地学习日语，可是，到了日本一下飞机，才知道自己差得远呢！

同处东亚季风地带的日本，地形地貌、农业生态和江苏高度相似，农业现代化水平走在世界前列。赵亚夫率领研修组到日本“取经”，掀开了镇江农业科技对标国际一流、引进消化创新的大幕。

赵亚夫被安排在日本爱知县的农民近藤牧雄家里。近藤牧雄的家庭农场，种有300多亩小麦、100

赵亚夫（前左）在爱知农业试验场学习

多亩水稻，他拥有农用卡车2台、大型拖拉机5台、联合收割机2台、插秧机2台，年农业收入700万日元以上。赵亚夫切身感受到了两国农业的差距，他的心受到强烈的震动。他暗下决心，要把日本农业的先进技术学到手。机会难得，这一年的时间多么宝贵啊！

语言不通，根本没法交流。在国内费劲学的日语，日本人却听不懂；日本人说的话，他更听不懂。于是，他就用手势、面部表情、肢体语言一起上。为尽快把日本先进技术学到手，他每天学习、劳动16个小时。赵亚夫无时无刻不在观察、思考、比较这里的地形、资源、土质与家乡的不同，日本农民的生活环境，富庶的生活，先进的农耕技术，使赵亚夫作为农业科研工作者，深感所肩负的责任的分量。

赵亚夫是个适应能力很强的人，他勤劳、真诚，与近藤一家人相处得非常好，还跟他们一起下地干活。

一天晚上，赵亚夫收工回来，看见餐桌上摆满了菜，中间是一个大蛋糕。

“嚯！今天谁过生日？”

“你呀！”近藤笑嘻嘻地望着他。

赵亚夫一拍脑门儿：“哦！我都忘了！”这天是赵亚夫42岁生日，近藤居然记得，赵亚夫感动得眼睛湿润了……

有一天，赵亚夫在近藤家连栋大棚附近干活，阵阵带有甜丝丝的清香随风飘来，他走进大棚一看，绿叶上挂满了红艳艳的小果子，个个都熟透

近藤家的大棚草莓

了，诱人的香甜味沁人心脾。入口处竖立着一个大牌子：草莓可自己采摘，随便吃，还可以带走。这时节已经过了草莓的旺季了，赵亚夫马上就联想到：江苏茅山老区能种吗？

第二天赵亚夫就到爱知县农业综合试验场图书馆借来有关草莓种植技术的书，认真研读。从书中理论和自然环境的分析来看，江苏茅山老区的土壤和气候都没问题，关键是栽培技术。日本的草莓过去也是在田间种植，发展到现在才在大棚里种植。赵亚夫暗忖：我们的农村还很穷，哪有钱建大棚啊！回去后，先在露地小面积试种，成功了，农民有钱了，再发展大棚种植。赵亚夫信心十足，他憧憬着红彤彤的草莓能给茅山老区人民带来富裕。

在日本研修一年，赵亚夫如饥似渴地学习，除了在田间大棚里劳作，只要一回到房间他就抓紧一切时间看书，还到爱知县农业综合试验场去参观学习，向那里的专家求教。

有一天，赵亚夫看到一本厚厚的书——《草莓》，

赵亚夫（右三）和日本农民在一起

赵亚夫（右）和日本农民一起干活

他仔细翻看，觉得这本书太好了，简直就是“草莓大全”。赵亚夫想，有了这本书，边研究边种植，推广草莓技术就有依据了。他悄悄地翻看价格，太贵了，相当于他几个月的工资……后来，试验场的一位日本朋友，看赵亚夫为人忠厚，心里时刻装着家乡的农民，尽心竭力在日本学习，在赵亚夫临回国时，特意去买了一本，作为礼物送给赵亚夫。

日本的书实在太贵了，有一天，他在书店看到一本《中英日农业大辞典》，他眼前一亮，这本辞书对他太实用了，可是一看价格，要 2 万日元呐！折合人民币 1400 多元！ 1982 年的 1400 多元，可不是小数目，相当于他一年半的工资啊！他摇摇头走开了。可是，他心有不甘，在书架前犹豫了半天，最后还是咬咬牙买下了。

赵亚夫在回国前一天，跟他的指导老师近藤说："近藤先生，我有件事，希望得到你的帮助。"

近藤说："你尽管说，我很高兴能帮到你。"

赵亚夫说："我可以带草莓苗回去培育吗？让中国农民也种植草莓，增加收入。"

近藤说："你心里时刻装着农民的生计，令人钦佩。我送给你 20 棵脱病毒原种草莓苗。"

初尝草莓，赵亚夫（左二）决定带草莓苗回祖国培育

赵亚夫十分感谢近藤先生，他将20棵草莓苗分成4份，精心包装好，分别装在同行4个人的行李箱中带回国。他节省下来的外汇，全用来买农业科技书籍了。在过海关时，海关工作人员都觉得奇怪，从日本回国大多都带日本家用电器，可是赵亚夫带回来整整13箱书和资料。

海关工作人员仔细检查了两个多小时，真的全是农业科技书籍和资料。放行前海关工作人员对赵亚夫说道："你真是农业科学家！"

赵亚夫一走就是一年，妻子和孩子都盼望着他回来，以为他一定能给家里带回来一个大彩电。可是，赵亚夫没有给家里带回一件日本电器，却费尽周章带回来20株草莓种苗和13箱书。

两个孩子很失望，也很难过，他们早就跟同学说了："我爸爸从日本回来，一定给我们带回大彩电！"两个孩子躲进房间里伤心地哭出声来。赵亚夫感到十分惭愧，他没给妻子和孩子带回任何礼物，真是对不起妻子和孩子，他和颜悦色地劝解妻子：

“能去日本一趟不容易，不能白去，怎么也得带回来有价值的东西。”

第二天，天还没亮，赵亚夫就起床了，妻子问他：“出去一年了，刚到家还不休息两天？”赵亚夫说草莓苗娇气，好不容易带回来的，必须马上栽种上，说着就出门了。他要去所里的实验基地繁育种苗。为此，所里专门成立了草莓繁育组，在他的指导下，精心地将20棵原种草莓苗栽种下。

赵亚夫自从将草莓苗栽种下，就时常来试验田看看。虽然他胸有成竹（因为在日本，他掌握了草莓生长全过程的技术），但是，他还是有些担心，怕从扶桑之国远道而来的种苗水土不服。有时他睡到半夜突然醒来，就披上外衣，拿着手电筒，又到地里瞧瞧，回来才能睡得着。自从培育上这20棵种苗，有许多活，如浇水、除草、打叶，他都亲自干。在赵亚夫和他的草莓繁育小组的精心呵护下，从20株到几百株，到几千株，再到几万株，草莓苗繁育成功了。

## 草莓种植基地——解塘村

对于茅山老区，每个地方的自然环境，土质、水文、气温，赵亚夫都了如指掌，经过全面考量，他最后选定了句容市白兔镇解塘村，作为草莓种植基地。这里的气候、土壤、交通，都符合发展种植草莓的条件。

这里处于丹阳、丹徒、句容三县交界处，是茅山革命老区的中心地带，交通便利。赵亚夫选择这里试点种植草莓，希望成功后能对接城市、辐射周边，可是，令赵亚夫万万没想到的是，想把这里作为第一个“吃草莓”的地方，竟是遇到的第一道坎。

白兔镇解塘村草莓楼（茅山革命老区第一代楼房，摄于1987年）

从日本回国时，赵亚夫带回来的书和资料

草莓繁育小组一行人将草莓苗整整齐齐地摆放在场院中央，让村民来看。赵亚夫把有关草莓的知识、未来会产生的经济效益，用当地方言深入浅出地从头到尾讲了一遍，讲完了，村民们竟然一点反应都没有。

“请大家放心，一切都是免费的，免费提供种苗，免费技术指导，免费帮助治病。”赵亚夫大声动员农户试种植草莓，仍然没有人表态。

“再给大家吃个定心丸：种成了，卖了钱，归你；不成，损失我担着。”还是没有人上前。这是因为农民有惯性思维、求稳心态，大家想，赵所长好不容易从日本淘换回来的种苗，太金贵，怕种不好，费力不讨好，更对不起赵所长，就都观望着。

左图：1984 年白兔公社草莓试种现场会

右图：1988 年 11 月 14 日与日本专家交流草莓种植技术

天色渐晚，人们纷纷散去，只有张冬才留了下来："赵所长，天黑了，你们就别走了。走，到我家吃饭。"

赵亚夫对助手们说："你们家里有事，就回去吧，我留下来摸摸情况。"

赵亚夫从在日本认识草莓那天起，就兴奋不已，他决心把日本的草莓引进来，这是产生经济效益最快的好项目。但今天村民的举止却令他百思不得其解。

张冬才说："赵所长有所不知，这几年乡里为了让农民迅速富起来，推行了好几个项目，但没一个搞成的，村民白费力气，还损失了一笔钱。从那以后，一听上边推行什么项目就反感。今天，是你来了，你是好人，大家相信你，才都来看看。可是，老百姓真是怕了，有顾虑，一时下不了决心。赵所长，你放心，我肯定跟着你搞，就在我家责任田里试种！”

张冬才一席话，让赵亚夫十分感动。

“明天你找几个人挨家挨户送苗，我挨家挨户做工作，这样好的项目，怎么会没人认呢？还是我工作没做到家，乡亲们不了解草莓是什么。根本就没见过也没听说过，怎么能认同呢？”

赵亚夫到村民家里做细致的动员工作，先后说服了9户村干部和村民，他们答应试种，每户拿出一分地，作为草莓推广样板地。为了种植好样板地，赵亚夫带领他的研发小组就在解塘村长期驻扎

左图：回国时，赵亚夫带回来的20株草莓苗

右图：镇江农科所当年20株草莓繁苗现场的赵亚夫（右）

赵亚夫和孙女在草莓大棚里

2005年，赵亚夫带句容农民去日本学习草莓夜冷育苗

下来了。

天道酬勤，在他们的精心呵护培育下，到了5月，乡亲们看到了红红艳艳、水灵灵的草莓。草莓们在绿叶的衬托下，显得格外夺目，捻下一粒，放在嘴里，咬一口柔软的果肉，满口甜酸果汁，还有一股沁人心脾的清香，人们脸上也绽放出甜美的笑容。

赵亚夫也尝了尝，感觉味道醇正，口感不比日本草莓差。草莓试种成功了！村民们欢欣鼓舞。一个生长周期，9分地的试验田先后摘下600多千克草莓。这是第一年试种，基本上都送给大家免费品尝了，为了探寻市场，还试卖了一部分，市场反馈很好。除了给顾客品尝的，还卖了600多元，当年，600多元也不是小钱了。大家仔细算了算，是其他经济作物的两倍多。

第二年，不用动员，解塘村几乎家家户户都种起了草莓，赵亚夫带着他的团队又来到解塘村安营扎寨，服务到田间地头，“扶上马，再送一程”。

现代化大棚草莓基地

接下来，他又成功试验种植冬季草莓，家家户户都搭建起草莓大棚，许多村民家的草莓亩产达到3000多斤，每亩纯收入1万元。种植草莓见效益快，当年就有一大批种植户成了“万元户”。农民有钱了，首先想到的就是盖新房，一幢幢小楼争先恐后拔地而起，人们兴高采烈地将它们称作“草莓楼”。在句容老区有2万多户农民种植草莓，草莓成了当地支柱产业，句容成了全国闻名的“草莓之乡”。

## 丁庄早川葡萄科技示范园

1990年，赵亚夫到句容茅山镇，路过丁庄时看到一块葡萄地种得与众不同，便托老乡将自己的名片带给种葡萄的农户，这位农户正是后来的全国劳动模范、“葡萄大王”方继生。第二天，方继生就找到了赵亚夫的办公室。

方继生问了许多农业技术上的问题，赵亚夫一一解答了，还把从日本学习葡萄栽培技术回国的芮东明介绍给了方继生。从那以后，赵亚夫、芮东

全国劳动模范方继生（左一）与村民交流葡萄新品种生产情况

方继生种的第一棵葡萄树

镇江农科所专家芮东明讲授葡萄修剪技术

日本葡萄专家早川进三来访

日本全国先进农协研究会副会长黑泽贤治给丁庄葡萄种植户介绍日本农协运作经验

明就成了方继生的老师，在他们的指导下，方继生种出了优质“巨峰”葡萄，受到了镇江、南京市场的极大欢迎。

种葡萄的收入是传统作物的三到五倍，有13户村民开始跟着方继生学习栽培技术，赵亚夫和芮东明也时常来田头进行技术指导，手把手传授技术。如何修枝、如何抹芽、如何疏花、如何疏果，都一一叮嘱，经过几年时间，这13户也脱贫致富了。从此，“要致富，找亚夫，找到亚夫准能富”开始在句容大地口口相传。

但赵亚夫觉得13户富不是富，把全村人动员起来种葡萄，这样才能让大家尽快致富。为了打消

巨峰葡萄

丁庄葡萄核心区俯瞰图

大家的顾虑，丁庄办起了农民夜校，每周集中上一次课。就这样，赵亚夫、芮东明、方继生分别来夜校上课。

在赵亚夫的牵线搭桥下，日本著名葡萄专家早川进三每年多次赴园区进行指导，日本爱知县农业试验场园艺所所长河渊明夫等人也曾千里迢迢赶来授课。

1998 年，丁庄早川葡萄科技示范园成立，并被句容市列为农业产业化重点工程。1999 年，被确立为省级农业综合开发扶持项目，高标准完成沟渠配套、道路建设和绿化工作，建成 4 公里长的葡萄长廊。

草莓、葡萄成为句容农业结构调整的两大先行主导产业，在长三角地区享有盛誉。

## “万山红遍农业科技示范园”

句容市白兔镇有个远近闻名的“万山红遍农业科技示范园”，这是1996年在赵亚夫的倡导下兴建的。当时赵亚夫感到，靠走村串户、一家一户地搞科技推广效率不高，首先是农业科技人员人手不够，再有，农民急需帮助时，农技人员不知在哪个村子正忙着，不能及时赶到，光靠一个一个地树立典型来带动周边太慢了，应该建立农业示范园。经过近十年的发展，“万山红遍农业科技示范园”已经成为现代化的农业科技企业园区，它的宗旨是：做给农民看，带着农民干，帮着农民销，实现农民富。还有句赵亚夫的名言——“将失败留给园区，将成功教给农民”。园内种植瓜果菜粮优良品种，示范园的大门天天对农民免费敞开，可随便进园看，随处跟着学，随手跟着干。在这片园区中，赵亚夫培养出了纪雪宝、王柏生、杨修林等一大批市、省乃至全国劳模，园区示范作用辐射到1500亩土地上的5000多个农民。

2018年3月26日，省委书记娄勤俭视察戴庄

2014 年，解塘村学习“戴庄模式”农业经济观摩会

合作联社党员大会——党员亮身份

## 创新丘陵山区开发新思路

赵亚夫进行的第二次探索是创新丘陵山区开发思路，调整农业结构。他因地制宜，带领农民们走出了种植果树、蔬菜等现代农业的新路子。句容 10 个镇有 6 个是全丘陵地区，近 3/4 的农业人口分布在山区。连绵起伏的荒岭如同一道道坎，阻断了当地百姓的致富路。赵亚夫引进推广了日本砂梨、水蜜桃、无花果、甜柿等新品种和蔬菜、花卉品种制种技术。

赵亚夫察看“越光”稻、无花果生长情况

赵亚夫与王巧娣一起察看桃树的生长

2005年，在赵亚夫的指导下，黄梅镇王巧娣种起了桃子。种下桃树苗后一个月，有一片桃树始终没有发芽。赵亚夫闻讯赶来，二话没说直奔那片桃树苗，跪在地上，扒出底部的泥土，仔细检查原因。赵亚夫趴在地上捧着泥土的情景，王巧娣至今难忘。“赵主任风里来雨里去，帮我们赚钱，却从不要我们一分钱……”因为激动，王巧娣声音略微发颤，“赵主任比我们的亲人还亲！”

长到3厘米粗，漫山的桃树结蕾开花了。按生长规律，此时桃树正处于一个重要时期，如果管理不好，将直接影响桃树今后的品质和产量。然而，刚刚学种桃子的王巧娣，还不懂这个时期的重要性。一天晚上，劳累一天的王巧娣已经睡下了。蒙眬中听到手机铃声响个不停，她一看号码，是赵主任打来的。难道有急事？“小王啊……”电话那头传来赵主任亲切和蔼的声音，赵主任告诉她，“天气预报明后天有雨，桃子进入现蕾开花期了，但是，现在桃树还小，不能让它结果，赶在这雨前要把花蕾疏掉啊！”王巧娣说：“都那么晚了，赵主任还惦记着我的桃树，打来电话反复叮嘱。赵主任这个人就是时时刻刻想着你！那次我真的很感动，特别感动……”王巧娣重复着她的感动。

## 改变贫困山区——戴庄

早在2002年赵亚夫就退休了，然而他退而不休，更令人意想不到的是，他竟然要到茅山老区最贫困的戴庄去进行他的第三次探索：改变贫困山区——戴庄。年过耳顺之年的赵亚夫，身穿夹克衫、牛仔裤，足踏运动鞋，背着双肩包，与以往无数次下乡不一样的是多了些行李和生活用品。他要在戴庄扎下根。

戴庄村位于句容市最南端，属于茅山老区丘陵腹地，总面积10.4平方公里，耕地面积7312亩，866户2879人，54%的劳力外出谋生，在村务农劳力的平均年龄超过50岁。由于地势高，地形复杂，地块零散，农田水利工程建设难度大，传统农业效益很差。2003年人均纯收入不足3000元，低于全市平均水平22%，是远近闻名的经济薄弱村。但戴庄村生态环境优越，水质达Ⅰ类标准，地处南京、常州、镇江三市交界，区位交通良好，具有得天独

戴庄旧貌

厚的发展有机农业的优势，如果试点成功，对广大经济薄弱的丘陵地区具有可复制、可推广的示范意义。

赵亚夫打算综合利用戴庄村的自然资源和环境资源，尊重自然规律，让人与自然和谐相处。把全村的山、水、田、林、湖、草看作是一个生命共同体，按地貌类型进行适宜的生态农业布局，推广农牧结合的生态农业技术，发展有机农业，长年不断致力于培育生物多样性，修复已经受到破坏的农业生态系统。

戴庄新貌

杜中志，戴庄村培养的有机农业第一人

赵亚夫认为，农业现代化首先要培养现代农民，而培养现代农民不能单纯靠新农民，更要带动老农民一同走入现代化。然而，戴庄村是出了名的“三多”村，文盲多、老人多、智障者多，务农劳力平均年龄为55.3岁，92.4%的村民为小学、初中文化。赵亚夫说，只有实现老农民的现代化，才能真正实现全省现代化。但是他的第一场农技培训，并没有得到农民的认可，一上午只来了两个农民。

杜中志是戴庄村培养的有机农业第一人，当年他51岁，半文盲，第一个种了有机桃，亩均纯收入达万元。他又第一个种了“越光”品种的有机稻，

戴庄村有机农业合作社理事会首届领导班子合影（自左向右分别为：刘伟忠、李家斌、刘业祥、鲁学谦）

亩均纯收入 2000 多元，在全村产生了很大影响，一批农户跟着动起来了。如今杜中志种有机水稻致富了，他干劲十足，被太阳晒得黝黑，“没想到我也‘老来俏’，我们戴庄富了，全靠赵主任”！

戴庄村 68 岁的低保户张乃成，妻子体弱多病，还有一个智障儿子，说起这几年的生活，他竖起了拇指：“这几年日子轻松了不少，是赵主任带给我的。”张乃成指着房屋说，种了有机水稻后，每年能多收入 1 万多元钱。家里的土坯房换成了砖瓦房，刚刚粉刷了墙壁；院子里也用水泥铺平了，可以晒小麦。老张说，逢年过节，赵主任还带领导来家里看望他，送来生活用品，现在儿子已经结婚，自己也算了却了一桩心事。“种好有机稻，多赚钱，为养老做好准备。”

“农村现代化中，只要有人帮他一把，条件再差的农民也能成为新型农民，都能步入现代化，成为懂市场、懂科技的新型农民。”赵亚夫始终坚信，困难群体依然能搭上现代农业这班车，走上致富路。

戴庄村村民蓝涛靠养猪致富。蓝涛以前是村里的“种粮大户”，由于缺乏科学的种植知识，粮越打越少，日子越过越穷，房子是村里最破烂的。在赵亚夫的帮助下，蓝涛干起了养猪的生意，也离不开赵亚夫的“有机”。走进猪圈棚，没有闻到像普通猪圈里的异味，老蓝说，这是赵主任的“有机养殖法”，与一般猪圈不同，这里的猪圈铺的不是水泥地板，而是50厘米厚的由木屑、糠和益生菌组成的发酵床，猪会拱着吃发酵床里的东西，这样长大的猪，猪肉健康且肥而不腻。“有机养殖法”，是赵主任手把手

戴庄有机园区茶叶加工厂

教会的。

赵亚夫隔上几天就得过来看看，遇到梅雨天，就更不放心，他告诉蓝涛，湿度过大，要开窗通风，加些糠和木屑，勤翻动，降低湿度。发现有闹猪瘟的，赵亚夫就去买一麻袋大蒜，给蓝涛送过来，让他把大蒜剁碎，掺在垫料里，大蒜杀菌，是天然抗生素。蓝涛按照赵亚夫说的做了，他家养的猪更强壮，猪越养越肥，蓝涛的日子也越过越红火。

戴庄村村民彭玉和 50 岁那年，个人承包了 50 亩有机水蜜桃，还在桃园里套养了 5000 只鸡、200 只鸭、500 只鹅，年产值 35 万元左右。老彭说，自己能发财，多亏赵主任的“有机”。“当时，赵主任端个小茶杯往台上一站，就开始讲有机农业。那时候还不懂什么是‘有机’，可赵主任说能赚钱，还说种桃树还能养鸡鹅，我觉得应该是好事儿，就想试试。”可老彭的妻子害怕了：“别人帮我们赚钱，哪有这样的好事儿，说不准是个搞推销的。”彭玉和犹豫了。赵亚夫听说了，主动上门来承诺：“一年如果赚不了1万，我赔给你钱。”彭玉和一拍大腿，搬着被褥就住进了桃园。

这一年，桃子卖到8元钱一斤，他赚了3万多元。看着一棵棵桃树就像摇钱树，彭玉和乐得合不拢嘴。“赵主任不让打农药，不让施化肥，所有的剪枝、防虫技术都是他手把手教我们。”彭玉和说，“每年都有浙江、宁波的固定客户直接来运货，后备厢装满了才走的。”说起当年的打算，老彭眯起眼睛慢慢说道：“先买辆车，到年底开个农家乐。”

## “农村现代化”的途径——走专业合作社道路

赵亚夫尽情播撒农业智慧时，却发现，因为农户小面积分散经营，无法与大市场对接，即使种得好，却卖不掉，还是会影响农民的致富。于是，赵亚夫开始探索“农村现代化”的途径——成立有机农业经济合作社。他又开始“帮着农民销”，把农民组织起来，走农民专业合作社道路。赵亚夫带领5位农民去日本考察农民专业合作社，句容县相继成

华甸全国农民专业合作社示范社

合作社水稻收割

立了葡萄、水蜜桃、茶叶等合作社，吸收了5000多户农户统一管理。

2005年，戴庄村种植有机稻、有机桃的农户达到100多户。当年冬季，戴庄村做了个入户问卷调查，552户受访农户中，49%的农户表示愿意加入合作社。赵亚夫参考浙江省农业合作社章程，学习日本农协经验，起草了《句容市天王镇戴庄有机农业合作社章程》，到各自然村向村民宣讲并征求意见。“一亩有机水稻入一股，每股300元，分3年缴纳。入社后，我们只负责种水稻、灌溉，至于中间的管理到最后收割、加工、销售，全部由合作社完成，

戴庄村有机农业合作社挂牌仪式

残疾人老黄，合作社帮助他种上了高架草莓，第一年的纯收入就过了10万元

土山土水生态农业（江苏）有限公司陈列的赵亚夫团队研发的系列产品

我们就坐在家里等着分红。”村民汤泰云介绍说，有了合作社，村民不仅种田负担轻了，而且可以有大量时间出去打工赚钱。2006 年，戴庄村建立了江苏首家有机农业合作社，并投资建设了“越光”大米加工厂，从除尘、去稻壳到成品打包，整个生产流程都在工厂车间内完成。

2011 年，戴庄村有机农产品种植面积达 4000 多亩，农民人均纯收入达到 1.25 万元，是 2003 年的 4 倍。“农民需要什么，我就帮着做什么。”赵亚夫熬白了头，累弯了腰，但他依然每天拄着拐杖，坚持跑几片稻田地，走几亩桃园……他说，只有这样心里才踏实。“做给农民看，带着农民干，帮着农民销，实现农民富。”作为一名农业科学家，赵亚夫一条农业路走到底。“农民最务实，推广新技术首先要做出样子，让农民见到效益。”

# 戴庄村民说“有他才算过年”

2014 年农历大年初一，赵亚夫特别高兴，常年在外的两个儿子带着孙子、孙女回来了，还要接他们老两口到城里的新房过年。与此同时，句容市天王镇戴庄村的 3 户农民盛情邀请他一起过个团圆年。到底去哪儿过年？赵亚夫犯了难，思考再三后，赵亚夫决定和往年一样，与戴庄村农民一起过年，他实在是割舍不下……

上午 9 点，赵亚夫就来到戴庄村，一下车，一个面容清秀的小伙子便迎了上来。他叫汪厚俊，两年前大学毕业后回乡创业，成立了厚俊家庭农场，被省人社厅评为“江苏省优秀大学生创业项目”。“赵主任，快里边请！我们还以为你今年不来了呢。”见到赵亚夫，汪厚俊的父亲汪启热情地请他到屋里坐，“有你在才算过年。”作为戴庄村有机农业合作社的顾问，赵亚夫手把手地指导汪厚俊开辟了 50 亩柿林与核桃林。2013 年，汪厚俊还搞起了立体农

汪厚俊回乡创业

业，利用果林的天然生态优势放养了4000多只赵亚夫培育的“苏禽鸡”、1000多只鹅、100多只羊，年产值100多万元，纯收入30万元，吸纳165人就业，带动周边60余户村民共同发家致富。

汪厚俊的母亲准备了一大桌子菜，还叫来了几个亲戚作陪。见赵亚夫喜欢吃青菜烧豆腐，汪厚俊索性把菜端到他面前，趁夹菜的时候，向赵亚夫请教问题。亲戚们见了，也纷纷给赵亚夫夹菜，想“趁机”提问，但又怕打扰他吃饭，好几个人刚想张嘴说话，又硬生生地扒拉口米饭把话咽了下去。饭后，

赵亚夫把汪厚俊拉到身边，嘱咐他：“无论是大学生村官，还是普通大学生，都应该热爱基层、扎根基层，让农民受益，让青春无悔。”

从汪厚俊家出来，已是中午 12 点多了。赵亚夫来到养猪大户蓝涛家里，碰巧蓝涛正和亲戚吃饭。见到赵亚夫，蓝涛赶忙做起了汇报：“去年一年就出栏了 70 多头肥猪，我整整赚了 8 万块！”蓝涛端过红烧肉请赵亚夫品尝：“赵主任，这是您引进的黑猪肉，城里要卖到 30 块钱一斤。”蓝涛养的猪与其他养猪户的不同，是赵亚夫引进的家猪与野猪的杂交品种。当初建设养猪大棚时，是合作社和农户各出一半资金建起来的，赵主任作为合作社顾问，专门带着蓝涛他们到丹阳学习有机养殖模式，发酵床就是那时候学来的。赵亚夫带动蓝涛养猪致富，蓝涛打心眼儿里感激赵主任。回想着赵亚夫为自家养殖付出的心血，老蓝激动起来："论级别，赵主任是副厅级领导干部；论资历，他早已是科技专家中的'当红明星'；论年龄，已经年过古稀，而且患有慢性病。可是赵主任都亲自来手把手教养殖，没有一点官架子。"

听说赵亚夫还要试验养殖四季种鹅，蓝涛自告奋勇，主动提出帮赵主任试验养殖 600 只种鹅。"赵主任为我们付出了那么多，可我没有什么能回报的，我希望这次能帮到赵主任，就是吃再多的苦，我也愿意干。"

虽然已经吃过午饭，但乡亲们见到赵亚夫来了，还是纷纷热情地敬酒。"这酒表达的是尊敬之意，更是感恩之情，没有赵主任，就没有我们戴庄村的今天。"

下午 4 点，赵亚夫刚准备回去，种植大户余才安已经拎着大包小包的年货，来给赵亚夫拜年。对戴庄村的人来说，余才安不是一般的农民，早年他在城里开玩具厂，也是村里人眼中显赫一时的“大老板”，可近两年玩具市场不景气，生意越来越难做。听说村里来了个赵亚夫，变着法让村民从田里“捞钱”，余才安也动了心思，放弃了城里的生意，在赵亚夫的帮助下，回乡种起了有机桃树。

“有机桃树的品种是我们孕育出来的，但推广还得靠老乡，看到桃子加工成了新产品，我心里甜！”赵亚夫把余才安拉进屋子里，泡上一壶热茶，拉起了家常。农民与专家鱼水情，聊的全是收获的喜庆事儿。农家新年的喜庆全靠一年的好收成，戴庄村农家年味的香甜离不开赵亚夫，离不开他十几年如一日的辛苦付出。大年初一，赵亚夫放弃和家人团聚的机会，跑到戴庄，和乡亲唠家常、讲技术，这是赵亚夫最开心的事。村里的农民说：“有他才算过年。”

## 丘陵山区学习复制“戴庄模式”

戴庄村及其周边，已有8000多亩农林用地采用了生态农业新技术，其中生态林4000亩、有机水稻3000亩、有机果树1000多亩、有机茶叶100亩、有机蔬菜100亩。这里鸟语花香，水质清澈，达到Ⅰ类标准，天空鹰类飞翔，林间野猪、蟒蛇出没，近年还发现了猴子、娃娃鱼。稻田里能找到127种各类动物，比邻村高出6.4倍，连续十年不用农药化肥，畜禽粪便就地循环利用，全面治理了农业面源污染。生产的有机大米每亩纯收入2500元，高于常规栽培4—5倍，其中农户得2000元，合作社留公积金500元。种有机果树、蔬菜亩纯收入5000元至4万元。鸡、鹅每只100元以上，羊每头800元，猪每头1500元。2017年实现人均纯收入2.5万元，比2003年高出7倍多，原来低于句容全市平均22%，2017年已经高出25%。

2005年至2017年，戴庄村集体经济收入从负债

果园种草养鸡

果园种草养鹅

柿树下的黑麦草

坡地种草养羊

“越光”稻育秧大棚

80 万元，到每年收入 200 多万元（含公积金），集体固定资产已达 1000 万元，成为远近闻名的富裕村。同时，一、二、三产业融合发展，农民增收和集体经济进一步发展的后劲越来越大。“戴庄模式”在江苏大地广泛推广，如今，全国类似苏南的丘陵山区，也在学习复制运用“戴庄模式”改变贫困面貌，已经见到成效。

# “万山红遍”在蜀乡绽放

2008 年汶川地震，年近七旬的赵亚夫主动请缨，参加支援灾后重建工作，帮助灾区人民发展高效农业，积极生产自救。他担任江苏对口支援四川绵竹灾区高效农业示范园技术总顾问。

赵亚夫先后 18 次奔赴绵竹，走遍了绵竹的山山水水，反复考察，最后选定了九龙镇清泉村。这里山清水秀，周边没有工业，无污染源；交通比较

赵亚夫指导四川灾区农民育苗

绵竹江苏高效农业示范园外的“做给农民看，带着农民干”标牌

便利，距绵阳、德阳、成都仅一个多小时。清泉村背靠龙门山自然生态旅游区，有国家地质公园、云湖国家森林公园等风景名胜区5处，将来可以把农业旅游与自然风光旅游相融合。这里的农民还有种梨树、桃树、枇杷、牡丹等经济作物的传统。建园的宗旨还是“做给农民看，带着农民干，帮着农民销，实现农民富”。园区建成后，成为东部支援西部的成功案例，得到了“要想四川富，留住赵亚夫”的赞誉。他帮助了上百万农民脱贫致富，却坚持不收指导费用、不搞技术入股、不当技术顾问的“三不”原则，从没收过农民一分钱，生动诠释了共产党人清正廉洁的政治本色。“要致富，找亚夫”的

绵竹江苏高效农业示范园交付仪式

说法在四川也广为流传。

赵亚夫在四川遇到了一次交通事故，腰部受了重伤，只能躺在床上。当时正是灾区调配种子的时节，赵亚夫挣扎着起来，一手拄着拐杖，一手扶着受伤的腰，吃力地调配种子，实在支撑不住了，就歇一会儿，然后继续调配。身负重伤的赵亚夫如此地付出，灾区百姓感动得流下了泪水。赵亚夫信心十足地说："只要帮一把，条件再差的农民也能成为新型农民。"

## 他无私坦荡如泥土一般的本色

赵亚夫在科研院所长期担任领导，主持、经手的科研经费以千万计，却从未谋取过一分私利。他常常告诫自己，不该拿的一分都不能拿，不该争的一分都不能争，要做一个光明磊落、无私坦荡的人。在担任农科所所长时，组织上给他改善住房标准，让他住进联栋小楼，他主动让给了一位新中国成立之初参加工作的退休老专家，自己则住进一般科技人员的住宅楼。

妻子黄宝华也在农科所从事畜禽研究，每天扫猪圈、放鹅，工作很辛苦，有同事跟她讲："你腰也不好，让所长给换个工作吧！"她回答说："他这个人是绝对不会这样干的。"在一次办公会议上，有位同志也提出这个问题，被赵亚夫当场拒绝。他没有利用手中权力照顾妻子和家庭，却想方设法帮助了不少科技人员和农场工人，为他们的子女找工作、上学校，为分居夫妻办理调动，等等。几十年来，赵亚夫就是这样坦坦荡荡地走过，心中没有任何挂碍，内心总是充满感激、快乐和欣慰。没有什么境界比心底无私更为坦荡。

一年 365 天，他有 300 多天都在农村，妻子有时也会“抱怨”“我这辈子爱上了一个不回家的人”。

他的手机上，存了 100 多个农民的手机号码，村民都知道，赵亚夫的手机是“110”，是 24 小时“服务热线”……

赵亚夫年事已高，因常年劳作积劳成疾，腰椎间盘突出很严重，虽然腰椎间盘突出是常见病，可是疼起来真要命，腰疼牵连腿走不了路。他可以忍受疼，但不能走路，到不了田间地头，是他不能忍受的。村民杜仲志至今还记得那一幕：“瓢泼大雨，刚刚做完手术的赵主任拄着拐杖一步一步地‘挪向’桃园，跪在地上，连溅到他脸上的泥巴都顾不上擦，就用手直接扒出垱口底部残剩的泥土，查看树的根部……”当地的村民怕下雨，一下雨就揪心，因为赵亚夫无论刮风下雨都会来，风雨无阻，村民真的心疼他。赵亚夫却说："就是下锥子我也得来呀！"赵亚夫心廉身洁，从不收农民一分钱，不拿一只老母鸡、一袋米、一两茶回家，甚至一个果子，他都死活不肯收。

作为农业科学家，赵亚夫没有出过大部头著作，然而，他为农民编写的通俗易懂的科普读物却超过百万字。他每年免费为农民上辅导课100多次，累计培训农民达30万人次。他先后24次到日本学习先进技术，引进示范100多项新技术，推广运用科研成果30多项，多次带领农民和科技人员去国外学习先进农业技术，手把手培养出10多名全国、省、市劳模，组建了省内一流的农业科技服务团队。一个个品种被引进、消化、转化，一个个难题被攻克、破解，茅山老区农民的增收渠道越来越宽。他把近百项农业科研成果教给农民，在丘陵山区推广种植了180万亩的应时果品，给农民带来了30多亿元的收益。

赵亚夫还与时俱进学起了农业经营管理和市场

赵亚夫获得全国“时代楷模”荣誉称号

营销，他到南京推销“越光”有机大米，到超市叫卖水果，提出了农产品“理解式销售”的方法，帮助建起了农民特产信息销售网站。在他的帮助下，发展起来的百万元户、50万元户、10万元户不计其数。“要致富，找亚夫，找到亚夫准能富”在苏南大地、茅山老区广为流传。

2016年7月22日，镇江市政协“弘扬价值观、践行当模范”主题活动提出“弘扬亚夫精神”。座谈中，委员们表达了对亚夫精神由衷的赞美和崇高的敬意。赵亚夫获得的荣誉无数，可他却轻描淡写地说“都在档案里”，在赵亚夫的心中，只有农民，没有荣誉。其实，他的荣誉早已挂满了茅山老区的果园，清清楚楚地写在了苏南大地田野上，更牢牢地记在广大农民的心里。

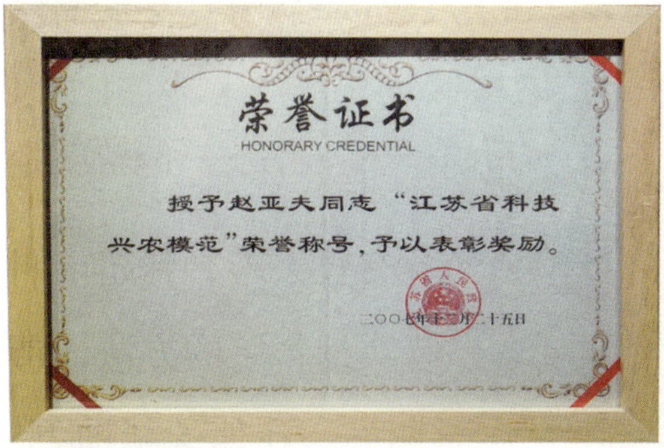


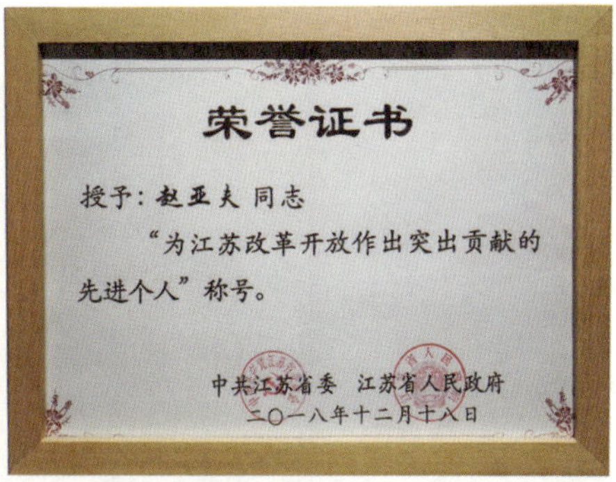

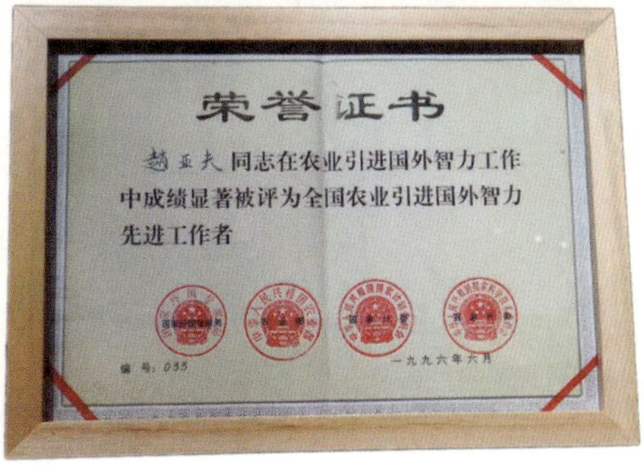

## 痛失左膀右臂——果树栽培专家糜林

故事说到这里，不得不说一个人——果树栽培专家糜林。糜林是赵亚夫的得意门生，也是最得力的左膀右臂，他从年轻时就跟在赵亚夫身边，陪同赵亚夫跑遍苏南贫困山区，潜心钻研果树栽培技术。赵亚夫退休后，一心扑到戴庄，决心要带领戴庄脱贫致富奔小康，果树栽培的担子糜林挑了大头。这些年，为了让老百姓过上好日子，哪里穷，糜林就往哪里跑，就把果树栽培技术传到哪里。贵州沿河县、新疆克州、重庆万州等几个极度贫困县都留下了他的足迹。

贵州沿河县是全国极度贫困县，也是江苏省对口帮扶县，2019 年 8 月，赵亚夫和糜林一行来到沿河县进行实地考察。他们冒着高温，爬山、上坡、下坡，3 天时间，跑了 17 个自然村，最后到达海拔 1100 米的高峰村时，年事已高的赵亚夫上气不接下气。望着师父的样子，糜林很是心痛，他哭着说：

縻林现场指导教学草莓种植

“这个地区山高沟壑，穷得很，靠我们这么跑是解决不了问题的。”于是大家坐在山梁上面，协商沿河脱贫的方案。最后大家一致认为，要在全县推广江苏省张家港善港村与高峰村“你中有我，我中有你”的扶贫方式，并决定花力气把全县的致富带头人组织起来，领到善港去学习。之后的 3 天，縻林一面让当地尽快召集致富带头人，一面又陪同赵亚夫在高峰村的产业园手把手教农民剪枝。三天三夜他们只睡了不足 10 小时，为高峰村脱贫指出了方向和措施。第 4 天，他们便领着 50 名沿河县第一批致富带

糜林在“脱毒草莓优质安全栽培技术培训班”授课

头人前往善港村致富带头人培训学院上课，并和大家同吃同住。后来他们还将大家集中到江苏茅山老区进行实践教学，手把手教大家果树栽培技术。不到一年，糜林为沿河培训了1500名致富带头人。

如今沿河县脱贫了，大伙儿想把这个消息告诉糜林时，电话那头却传来了糜林女儿糜蓉的声音：“我父亲今年2月18日去世了。”话音刚落，电话另一头传来了哭声……江苏镇江农科院果树栽培专家糜林教授，于2020年2月18日晚，因积劳成疾，倒在脱贫攻坚一线，生命定格在 57 岁。这 57 年，他至少有 33 年是泡在田野里的。

有个叫窦永敏的种梨大户得了肝病，辗转于南京、上海等地，花了 4 个多月的时间，换了肝才把病治好。在这 4 个多月的时间里，他家的 30 亩梨园从种植到养护都是糜林帮忙打理的。他出院以后，糜林也一直坚持为他打理梨园。而现在，老窦的身体渐渐好了，糜林却因肝病去世了。

一阵阵撕心裂肺的哭喊声，划破了静静的夜空，江苏省茅山老区的乡亲们纷纷穿衣起床，他们要去殡仪馆送恩人一程。然而，疫情挡住了去路，乡亲们只能按照规定，分批次把准备好的花圈间隔摆放在通往殡仪馆的小路上，一个个流着泪返回村口。弯弯曲曲的花圈排成了长龙，绵延好几公里，一眼望不到头……

已近 80 岁高龄的赵亚夫，步履蹒跚地来到糜林墓前，轻轻放下一束菊花："糜林一辈子跟着我搞果树栽培，他是全世界最会种梨的专家，他的徒

弟是全中国薄壳山核桃种得最好的农民……”赵亚夫老泪纵横，泣不成声。他无比惋惜地说：“糜林在的时候，我没有特别关注他，以为他什么事情都能做到最好，果树栽培他才是专家。他突然走了，我的心空落落的……”

## 他用心血浇灌苏南大地、茅山老区

2020 年 12 月 31 日，由江苏省供销合作总社组织举办的“时代楷模”赵亚夫系列有机农产品推介会在南京举行。对于怎么种菜、卖菜，八旬的赵亚夫有一箩筐的话。在现场可以看到，大米、草莓、老鹅、红薯等一系列农产品得到了苏果超市、盒马等采购商的认可。赵亚夫指着展位上的有机大米说：

“道德之光”颁奖典礼

赵亚夫汗流浃背地走在戴庄有机水稻田边

“我们采用了新技术，水稻已 14 年大面积不用化肥农药，目前已经把不用农药化肥的有机‘越光’水稻亩产量提高到了 1100 斤，去年的有机‘越光’大米的销售终端价格已经大幅下降。今年大面积推广新技术以后，估计价格可以下降到每斤 10 元左右，有机‘南粳 46’大米有可能降到 6 元左右。”

赵亚夫已是耄耋老人了，他用一辈子的心血浇灌苏南大地和茅山老区的土地。无论在什么工作岗位，无论担任什么职务，他始终心系“三农”，常年奔波在田间地头。赵亚夫始终把农民当亲人，把

赵亚夫事迹馆

老区农民致富作为毕生的追求。他常说："没有什么本色，比乡村泥土更加厚实。我将继续在破解'三农'问题的道路上探索前行，努力培养现代新型农民，尽快实现农业基本现代化，实现共同的梦想。"如今在茅山老区乃至江苏大地，赵亚夫的名字早已深入人心。究竟是什么样的力量，让他半个多世纪的岁月如一日？他用一双扎根田地的脚，一颗紧贴农民的心，一个"让农民收获满屋财富"的梦想，诠释着自己的人生选择。

# 光明日报

2014年5月29日 星期四 农历甲午年五月初一 今日16版

光明网网址:http://www.gmw.cn 国内统一刊号CN 11-0026 第23494号(代号1-16)


# 《习近平关于全面深化改革论述摘编》出版

## 其中部分论述是第一次公开发表

新华社北京5月28日电 由中共中央文献研究室编辑的《习近平关于全面深化改革论述摘编》一书,近日由中央文献出版社出版,在全国发行。

党的十八大以来,中共中央总书记、国家主席、中央军委主席习近平围绕全面深化改革、扩大开放发表了一系列重要论述,对贯彻落实党的十八届三中全会提出的全面深化改革各项举措具有重要指导意义。强调改革开放是实现中华民族伟大复兴的关键一招;改革开放是有方向、有立场、有原则的;全面深化改革的总目标是完善和发展中国特色社会主义制度、推进国家治理体系和治理能力现代化;要把握全面深化改革的内在规律,坚持正确的方法论;要坚持社会主义市场经济改革方向,使市场在资源配置中起决定性作用,更好发挥政府作用;要坚定不移走中国特色社会主义政治发展道路,不断推进社会主义政治制度自我完善和发展;要深化文化体制改革,加强社会主义核心价值体系建设;要改革创新社会体制,促进公平正义,增进人民福祉;要建立体现生态文明要求的目标体系、考核办法、奖惩机制;要构建中国特色现代军事力量体系;要实行更加积极主动的开放战略,完善互利共赢、多元平衡、安全高效的开放型经济体系;要领导好全面深化改革这场攻坚战。认真学习贯彻这些重要论述,对于深刻理解全面深化改革的历史必然性和现实紧迫性,充分认识全面深化改革的重要性和艰巨性,系统把握全面深化改革的内在规律和重点任务,深入推动党的十八届三中全会精神的落实,具有十分重要的意义。

《习近平关于全面深化改革论述摘编》共分12个专题,收入274段论述,摘自习近平同志2012年11月15日至2014年4月1日期间的讲话、演讲、批示、指示等70多篇重要文献。其中部分论述是第一次公开发表。

### 中办印发《意见》要求

# 加强基层服务型党组织建设

据新华社北京5月28日电 近日,中共中央办公厅印发了《关于加强基层服务型党组织建设的意见》(以下简称《意见》,全文见3版),并发出通知,要求各地区各部门结合实际认真贯彻执行。

《意见》指出,党的基层组织是党全部工作和战斗力的基础,是团结带领群众贯彻党的理论和路线方针政策、落实党的任务的战斗堡垒。党的十八大作出创新基层党建工作,加强基层服务型党组织建设的重大部署。随着我国经济社会深刻变革,群众服务需求日益增多,基层党组织要转变工作方式,改进工作作风,把服务作为自觉追求和基本职责,寓领导和管理于服务之中。各级党组织要充分认识加强基层服务型党组织建设的重要性紧迫性,以服务型党组织建设引领基层党建工作,使服务成为基层党组织建设的鲜明主题,推动基层党组织在强化服务中更好发挥领导核心和政治核心作用。

《意见》强调,建设基层服务型党组织,要以服务群众、做群众工作为主要任务,以改革创新为动力,以群众满意为根本标准,坚持服务改革、服务发展、服务民生、服务群众、服务党员,达到"六有"目标,即有坚强有力的领导班子、本领过硬的骨干队伍、功能实用的服务场所、形式多样的服务载体、健全完善的制度机制、群众满意的服务业绩。要整合各类组织、各种力量参与服务,广泛开展以党员为骨干的各类志愿服务,形成以党组织为核心、全社会共同参与的服务格局。

《意见》指出,基层服务型党组织建设面临的情况千差万别,任务十分繁重。要积极探索实践,改进方法措施,有重点、有计划、有步骤地推进工作落实。《意见》要求,坚持书记抓、抓书记,建立并落实市、县、乡党委书记基层党建工作述职评议考核制度。按照有关规定全面落实基层党组织书记、专职党务工作者报酬及社会保障待遇;建立稳定的经费保障制度,把村、社区党组织工作经费纳入财政预算,为基层党组织开展工作、服务群众创造良好条件。

▲赵亚夫与本报记者在果树林里。 本报通讯员 南琼摄

◀赵亚夫在镇江句容戴庄村有机桃园留影。 新华社记者 李响摄

时代先锋

# 在泥土中,叩问生命的意义

## ——记时代楷模、农业科学家赵亚夫

本报记者 郑晋鸣

7年前,赵亚夫——一位农业科学家的名字进入我的视野。黝黑的皮肤,老树皮一般粗糙的手掌,一双裹满泥巴的运动鞋——这,就是他给我的第一印象。

两年前,再次来到赵亚夫"义务劳动"的地方——镇江句容戴庄村,我被这里翻天覆地的变化深深震惊:曾经最贫穷、最落后的村子,变成了殷实幸福的小康村。在赵亚夫的带领下,村民走上了致富路,而这背后,是他在山坡上被绊倒的十几个跟头、冒雨出现在农民家的画面、深一脚浅一脚踩在泥土中的身影……我备受感动,连夜写下长篇通讯《五十一年兴农路——记江苏省镇江农科所原所长赵亚夫》,发表在本报2012年8月16日头版头条。

今年大年初一,我又一次与这位老朋友相约。他放弃和家人团聚的机会,照例"跑"到戴庄,村里的农民说:"有他才算过年。"

而今,当我再次踏上这片熟悉的土地,我发现,在江苏大地、茅山老区,赵亚夫的名字早已深入人心。

究竟是什么样的力量,让53年岁月仿如一日?

在我心中,泥土是赵亚夫的本色。他用一双扎根田地的脚,一颗紧贴农民的心,一个"让农民收获满屋财富"的梦想,诠释着自己的人生选择。

### "为了革命,瞿秋白献出了生命;而我活着,是为了什么?"

常州,赵亚夫的故乡。城西的瞿秋白纪念馆,是他每次回乡必去的地方,常常一待就是半天。

在农民心中,赵亚夫是大好人。而在这位大好人心中,"住"着一个英雄——瞿秋白。

赵亚夫的外婆家,紧挨着瞿秋白纪念馆。"1919年'五四'运动,在体力透支和神经高度紧张的情况下,瞿秋白、张太雷等一大批革命志士在酷热中奔波于街头,联络、组织、演讲,而那时的瞿秋白还要忍受肺病煎熬的痛苦""1935年瞿秋白不幸被捕,敌人逼他投降就范,他坚决拒绝,视死如归,高唱自己翻译的《国际歌》走向刑场,慷慨就义,年仅36岁"……外婆口中瞿秋白的故事,贯穿了赵亚夫的童年。与瞿秋白经常"一同出现"在外婆口中的,还有革命烈士张太雷,年仅29岁的他用自己的热血和青春实践了誓言——愿化作震碎旧世界的惊雷!

4岁时,赵亚夫到觅渡河小学读书,这是瞿秋白的母校。或许是命运的安排,赵亚夫的老师竟是瞿秋白的挚友——羊牧之。"先生当年讲课抑扬顿挫,每每讲到瞿秋白和张太雷时,就情不自禁地对我们说'光明和火焰从地心里钻出来的时候,难免要经过好几次的尝试,探路共产主义,宁肯舍其事而成其心'。"赵亚夫回忆。

"为了革命,瞿秋白献出了生命;而我活着,是为了什么?"这个问题,赵亚夫自问了无数遍。

答案逐渐明晰。1958年,赵亚夫来到宜兴农林学院求学。"有一次,去县城的宜兴医院看病,一进大门,医院的院子和走廊里满满的人把我惊住了,皮包瘦骨的人坐在台阶上目光呆滞,还有奄奄一息躺在诊室门前等待救治的……"至今,赵亚夫仍常常梦到那天的场景。

当晚在日记里,赵亚夫写道:"我是学农的,无数革命志士为中国的解放献出了宝贵生命,我们还有什么理由不为改变农村的面貌而努力呢?"

为改变农村贫穷落后的面貌、为带给农民幸福安康的日子而奋斗一生,这便是赵亚夫的人生选择。 (下转3版)

(相关评论见3版)

### 今年医改任务目标明确

# 推进医疗医保医药联动

**2014年医改六大任务**

1 加快推动公立医院改革

2 积极推动社会办医

3 扎实推进全民医保体系建设

4 巩固完善基本药物制度和基层运行新机制

5 规范药品流通秩序

6 统筹推进相关改革工作

据新华社北京5月28日电 国务院办公厅日前印发《深化医药卫生体制改革2014年重点工作任务》(以下简称《工作任务》),明确了2014年6方面共31项医改工作任务,落实了工作责任。

《工作任务》提出2014年深化医改重点工作任务是,按照保基本、强基层、建机制的要求,深入实施"十二五"期间医改规划,坚持以群众反映突出的重大问题为导向,以公立医院改革为重点,以机制建设为抓手,巩固完善基本药物制度和基层医疗卫生机构运行新机制,统筹推进相关领域改革,全面深化重点领域和关键环节改革,深入推进医疗、医保、医药三医联动,推动医改向纵深发展,用中国式办法破解医改这个世界性难题。

新疆新气象

# 我们是一家人

本报记者 王瑟

5月22日,新疆乌鲁木齐市严重暴力恐怖案件发生后,新疆各族人民第一时间发出正义的声音,声讨暴恐分子的滔天罪行,用自己的行动维护民族团结。

"我们是一家人,我们很团结。"深深扎根在各族人民心中的声音,在天山南北更加强烈地喊出。巴音郭楞蒙古自治州201名西部计划大学生志愿者在倡议书中写道:"我们要更加自觉担负起社会赋予的神圣职责,积极行动起来,维护民族团结,维护社会稳定,维护祖国统一。"

### 各民族共同建设大美新疆

5月19日和20日,歌舞剧《情暖天山》在国家大剧院上演。这场歌舞剧,以阿勒泰地区青河县退休干部阿尼帕·阿力马洪抚养6个民族19个孩子的真实故事创作而成,以美轮美奂的场景、极具风情的歌舞、优美动听的旋律,充分反映了各民族共同建设大美新疆的时代精神。 (下转7版)

国产高端设备:

# 国内卖不动 国外受欢迎

本报记者 袁于飞

满头银发的老院士刘先林从事测绘行业50年,致力于高端测绘设备的自主研发,近年来总是遇到令人费解的事:我国一些高端测绘设备的质量和性能不比国外大品牌差,价格只卖国外十分之一,可恰恰因为价低卖不动,只能走国际市场。

"长此以往,浪费国家大量的资金,打击我国科研人员研发高科技设备的积极性,对国家的自主创新很不利。"在中国测绘科学研究院,刘先林忧心忡忡地对记者说。

### 高端国产设备,"墙里开花墙外香"

刘先林院士1962年从武汉测绘学院(现武汉大学测绘学院)毕业后,一直在中国测绘科学研究院工作,亲历了我国测绘设备的更新换代。他介绍,"现在全国测绘单位每年通过政府采购的国外高端设备金额至少10亿元,移动测量车、航空数码相机、高端GPS接收机等设备动辄上千万元一台"。 (下转7版)

# 艺术医疗 大爱正心

## ——记心脏病专家、慈善事业热心人屈正

本报记者 李春利

12岁的藏族女孩丹增曲尼,是被妈妈背进煤炭总医院的。当时,小姑娘脸色铁青、嘴唇乌紫,心脏病已经到了十分危险的地步,妈妈哭着恳求副院长屈正:救救孩子,她还没有上过一天学……

屈正——中国青年技术奖获得者,是著名的心脏病专家。因为错过了最佳手术期,屈正只能先为丹增曲尼做"姑息性手术",在她妈妈为昂贵的手术费愁眉不展的时候,"屈正爱心基金会"及时给予了援助。

幸运的不仅仅是丹增曲尼,"屈正爱心网"和"屈正爱心基金会"成立短短两年时间,已有100多名来自新疆、西藏、陕西、甘肃等地的心脏病患儿得到了"一帮一""点对点""全公开透明"的救助,康复率超过95%。

### 医者仁心的执着

一个声名在外的医生,为何要拿出自己的100多万元和宝贵时间去做慈善?

屈正毕业于首都医科大学,曾是安贞医院心外科大病区主任,2001年赴美国得克萨斯心脏研究所和贝勒医学院进修,在那里学习到了先进的人工心脏治疗心衰技术。2003年,他拒绝了导师的挽留,放弃了优厚的待遇,回到安贞医院,后调任煤炭总医院担任副院长。多年来,他奋战在临床一线,积极挽救生命,还发表了70余篇论文、两本论著,多次获奖。

长于医学世家的屈正,从小就接受了"医者仁心"的教诲,常常和家人一起帮贫扶困。当上医生后,他积极参与公益活动,作为中国医师协会心血管外科中国志愿者委员会委员,曾3次入藏为那里的孩子义诊。第一次进藏,他肺部大出血,差点送了性命。(下转7版)

屈正和藏族孩子看升旗。 王屹摄

# 『像爱护眼睛一样爱护民族团结』

## ——新疆各民族团结进步事业成果综述

新华社记者 阿依努尔 符晓波

自1983年起,新疆维吾尔自治区将每年的5月定为"民族团结教育月"。32年间,新疆大地涌现出一大批新时期民族团结的典型,他们用生动鲜活的人生故事,让民族团结之花越开越艳。"像爱护眼睛一样爱护民族团结",这片热土上,各民族群众正从点滴做起,诠释着民族团结的深义。

### 交融:"就像眼睛一样珍视它"

色彩斑斓的5月,是新疆景色最美的时节。天山南北的工厂、学校、街道、农村、牧区,各民族"一家亲"的故事从未间断地上演着。

"我这里不分民族,都是我的孩子。"刚刚首映不久的电影《真爱》中,维吾尔族老妈妈阿尼帕收养了汉族、回族、哈萨克族等民族的十几个孤儿,并教育抚养他们长大成人。她在电影中的这句台词,让无数观众留下了热泪。

在贵州毕节,阿里木靠好心人帮助的百元本钱,靠卖30万烤羊肉串,经历八年之久,攒十余万元资金,资助百名贫困儿童……"感动中国"颁奖台上,他几度哽咽:"钱不重要,人活着就要做有意义的事"。

正值青春年华的王燕娜,为素昧平生、患上肾衰竭的维吾尔族少年捐献了自己的肾脏,只淡淡地说了句:"这么年轻的生命,他需要我。"

和田电力公司员工艾尼瓦尔·芒素用贴着五星红旗和"为人民服务"大字的私家车,短短几年,免费接送各族困难群众近9000人次……

作为民族团结示范企业的宝钢集团新疆八一钢铁有限公司,少数民族职工占到职工总数的30%。(下转7版)

(本报评论员文章见2版)

今日导读




本报地址:北京市东城区珠市口东大街5号 邮政编码:100062 电话查号台:010-67078111 读者服务热线电话:010-67078442 67078427 广告部电话:4001080987 定价每月24.00元 零售每份0.80元 京崇工商广字第0060号

## 人物档案

李银江，男，汉族，1957年出生，中共党员，江苏省淮安市盱眙县桂五镇敬老院院长。

李银江是村民致富的“领路人”，千家百户的“大管家”。30多年来，李银江引进140亩特色农业项目造福村民，发放了排忧名片近25000张，调解民间纠纷1720多起，接待群众来访3740人次，疏导、劝阻和及时有效化解越访、集访等重大疑难复杂纠纷96批次……

2015年荣获“江苏省优秀共产党员”称号。

2016年荣获江苏“时代楷模”称号。

2017年荣获“全国岗位学雷锋标兵”称号。

2019年荣获民政部“孺子牛奖”。

2021年荣获“全国优秀共产党员”称号。

中国共产党第十九次全国代表大会代表。

# 一位敬老院院长的孝与忠

## ——“时代楷模”李银江的故事

他只是一名普通的共产党员，却在平凡的工作岗位上，做成了村民致富的“领路人”，千家百户的“大管家”。30多年来，他引进140亩特色农业项目造福村民，发放了排忧名片近25000张，调解民事纠纷1700多起，接待群众来访3740人次，疏导、劝阻和及时有效化解越访、集访等重大疑难复杂纠

2019年2月2日，在江苏省委团拜会上，省委书记娄勤俭亲切接见盱眙县桂五镇敬老院院长李银江

光明日报

2015年2月14日 星期六 农历甲午年十二月廿六 今日12版

光明网网址:http://www.gmw.cn 国内统一刊号CN 11-0026 第23755号(代号1-16)

## 商事制度改革激发市场活力

# 我国实有各类市场主体7000多万户

**本报北京2月13日电(记者陈晨、郑北鹰)**国家工商总局2月13日发布的数据显示,截至1月底,我国实有各类市场主体7017.64万户,同比增长14.88%;注册资本(金)133.05万亿元,同比增长29.5%。截至1月底,全国实有企业1848.38万户,个体工商户5037.31万户,农民专业合作社131.95万户,同比分别增长19.96%、12.8%、29.48%。

随着商事制度改革的进一步深化,全国市场主体数量持续快速增长。数据显示,自去年3月1日我国实行商事制度改革以来,全国新登记注册市场主体1262.29万户,同比增长16.60%,其中企业358.33万户,增长47.61%,平均每天新登记注册企业1.06万户。

随着市场主体数量及注册资本的快速增长,各类企业特别是私营企业的活力得到激发,1月全国新登记注册企业34.82万户,同比增长37.74%,其中私营企业32.94万户。同时,产业结构持续优化,第三产业增长强劲,第三产业新登记注册企业占1月新登记注册企业总数的80.44%。

此外,全国新登记注册外商投资企业规模有所提升。1月,全国新登记注册外商投资企业0.37万户,同比增长6.77%。外资新增投资总额279.23亿美元,注册资本191.77亿美元,同比分别增长3.04%、22.34%。

## 30年赡养105位老人 为64位老人送终

# 一位敬老院院长的孝与忠

本报记者 郑晋鸣 本报通讯员 许 琳

30年前,他在野草丛生的荒地上一手建起敬老院,确定了人生价值的坐标。

30年里,敬老院共赡养105位五保老人,64位老人离世,他64次披麻戴孝——在他身上,尽孝早已超越了血缘和职责。

他就是江苏省淮安市盱眙县桂五镇敬老院院长李银江。

"我是一名共产党员,对老人尽孝,就是对社会尽责,对党和人民尽忠。"深受电影《烈火中永生》影响的李银江,立志要像老一辈革命家一样,为国家和人民奉献自己全部的力量。

### "人间有大爱,床前有孝子"

记者来到桂五镇敬老院时,87岁的陈广英老人正悠闲地纳着鞋垫,每双鞋垫上的图案都不一样。老人说,要将眼下的幸福生活"一针一线地纳入鞋底"。

寒冬时节,敬老院里却温暖如春,老人有的下象棋,有的晒太阳,有的听淮剧。

1986年,李银江受命建立桂五镇敬老院并担任院长。运沙石、扛木材、砌砖头……在煤无一锹、柴无一捆的情况下,他亲手盖起敬老院,做起孤寡老人的"儿子"。

30年,从20多岁的小伙子到年近花甲,李银江的每道皱纹里,都有一段至孝的故事。

陈克华一辈子也不会忘记,他的命是李银江"抢"回来的。

7年前的夏天,正插秧的陈克华栽进田里,不省人事。路过的李银江见状,顾不上脱鞋,一脚深一脚浅,背起满身泥水的老人直奔医院。三天三夜后,老人醒来,看见床头满眼血丝、胡子拉碴的李银江,潸然泪下。

得知陈克华老无所依,李银江便把他接到了敬老院。10年来,体弱多病的老人每年有四分之一的时间在医院度过。不管多忙,李银江都会把一日三餐送到医院,为老人擦洗身体、端屎端尿,还做起老人的"手杖",搀着他散步晒太阳。"我们吃穿住都由小李一手操办。"陈克华哽咽了。

都说"久病床前无孝子",李银江却用点滴行动和真情诠释了"孝"的深意,证明"人间有大爱,床前有孝子"。

冬至,百岁老人陆永忠的儿子来接他回家吃团圆饭,老人一手拉着李银江,一手死死拽着轮椅,说什么也不愿回去:"敬老院就是我的家。"

"逢年过节小李总陪着我们,除夕还和我们一起包饺子、吃团圆饭,看春节联欢晚会。"老人张德进闪着泪花,"有他才叫过年啊。"

"小李还是月老,我们敬老院9对夫妻都是他牵的线。"老人谢官拉着老伴的手,一脸幸福。

"知道我们闲不下来,小李还办起了'农疗园',平时我们种种菜养养鱼。"退伍军人耿志友告诉记者,目前全院的蔬菜和鱼已经能够自给自足。

30年,敬老院赡养了105名五保老人,年龄最大的100岁。

30年,64位老人先后离世,李银江当了64次孝子,亲手为每位老人擦洗身体,穿上寿衣,守灵办丧。

送走的老人多了,李银江常常心神不宁。"晚上最害怕电话铃响,一响我就提心吊胆,十有八九是老人出事儿了!"长时间操劳和失眠,让李银江显得很憔悴。

3年前的一天深夜,老人张树仁突发胃穿孔走了。殡仪现场通知"张树仁家属"时,李银江站起来,接过骨灰盒,手不住地颤抖,泪水奔涌而出:"如果早些发现就好了……"

这件事深深刺痛了李银江。从此,这位汉子更加留心,询问每个老人的排便情况,关心老人的饭量,定期为老人体检。

"他把照护老人的每个细节都做到了极致。"桂五镇党委书记王士元说,"把'小事'做好,就是基层工作最大的事。"

百善孝为先,孝为德之本。李银江至真至诚的大孝,打动着每一颗崇孝尚善的心。

### 敬爱无亲疏,孝老成风尚

老吾老以及人之老,李银江将桂五镇所有老人都视为父母。

"全镇有5752位老人,41位是五保户,21位在乡村。"李银江对桂五镇老人的情况了如指掌,"孝道,是亘古不变的责任和道义。"

(下转2版)

题图:李银江陪五保老人聊天。

桂五敬老院供图

行进中国 精彩故事

扫描二维码进入光明网专题页面

# 春节出游:要文明,不要『任性』

本报记者 杨 君 本报通讯员 刘 伟

即将到来的春节黄金周,是国家旅游局宣布分级建立游客旅游不文明档案后的首个长假。近日,上海宣布拟立法建立旅游不文明档案,对进入"黑名单"的游客不再承接其出境旅游申请。春节假期,文明"成为关键词。

### 立制:不文明游客入"黑名单"

数据显示,2014年我国出境旅游人次首次突破1亿大关,国内旅游36.11亿人次。中国社科院旅游研究中心特约研究员刘思敏表示,我国已进入大众旅游时代,旅游不文明举动不仅是个人行为,更影响到国家形象,建立旅游不文明档案并制定相关管理办法正当其时。在2015年全国旅游工作会议上,国家旅游局局长李金早表示,推动文明旅游,当前重在惩戒旅游不文明行为,紧紧抓住典型案例,发挥警示教育作用。

去年12月,两名大闹亚航航班致飞机返航的游客的行为信息被纳入《全国游客旅游不文明记录》,成为首例进入文明旅游"黑名单"的游客。目前,江苏等地已率先建立起旅游不文明记录。

中国社科院旅游研究中心副主任戴学锋指出,目前对于进入《全国游客旅游不文明记录》游客的处罚,主要是不允许旅行社为其办理出境游业务,下一步,航空公司、景区、旅行社、饭店等涉旅企业以及公安机关等管理部门应对不文明游客的出行活动采取一定的联动限制措施,增强对游客行为的约束力。

### 细化:不文明档案有待完善

旅游不文明"黑名单"制度已现雏形,但仍需继续打磨。戴学锋认为,对不文明行为的具体界定、实际监测和处罚执行将成为制度完善的重点内容,需要明晰管理细则并落到实处。目前,景区、旅行社和酒店之外的旅游行为较难进入监测视线,很大一部分自助游游客在监管范围之外。

如何判定不文明行为?刘思敏建议,公安机关等执法部门查处的案例,直接记录在案;经过媒体曝光、社会影响恶劣的案件,旅游执法部门调研取证查实后,可以记录在案;对于导游、服务员以及游客的举报,应由政府主管的第三方机构进行调查取证予以确认,同时保留游客申诉的权利。

虽然2013年10月起施行的《旅游法》明确将"文明旅游"纳入其中,但并未明确如何处罚不文明行为。刘思敏认为,相关部门应推动法律的完善,对处罚方式作出相应限定。

### 根治:需要多方合力

2006年8月,中央文明办、国家旅游局联合下发了《提升中国公民旅游文明素质行动计划》,分别就国内旅游和出境旅游发布了两份游客行为规范,并要求将行为规范附在旅游合同文本之后。相对于这些举措,分级建立游客旅游不文明档案无疑是"硬约束"。

在戴学锋看来,让游客真正感到"一时不文明,时时受约束;一处不文明,处处受阻碍",文明出游的意识才能深入人心。他同时强调,重塑旅游行为,早期可以硬性约束为主,之后应逐渐以软性文明宣传教育取而代之。

不文明旅游行为的出现,除了游客自身原因,一些景区设施布局不合理、游客组织引导能力差也是重要原因,比如有的景区缺少游客数量预警控制系统,一旦游客过多,厕所等公共服务设施就会超负荷运转。戴学锋认为,遏制不文明旅游行为,涉旅企业同样负有责任,比如在拥堵环境下,为避免游客的突发和极端行为,景区、旅行社应及时对客流量进行预警、通告和疏导。

■相关新闻

## 旅游全行业将开展文明旅游专项督查

**本报北京2月13日电(记者杨君)**春节假期将至,国家旅游局发布春节出游提示,希望广大游客遵守《中国公民出境旅游文明行为指南》和《中国公民国内旅游文明行为公约》等文明行为规范,自觉遵守公共秩序和社会公德,文明出游。旅游部门将采取明察暗访等形式,组织全行业开展以出境游为重点的文明旅游专项督查。

国家旅游局要求各级旅游管理部门加强文明旅游宣传、教育、督查工作;旅游企业要做好从业人员的培训教育,引导游客文明旅游、安全旅游;旅行社要把好"组团关""落地关""行程关";导游、领队要真正肩负起文明旅游宣传员的职责。

## "2014中国好书"推选活动启动

**据新华社北京2月13日电(记者隋笑飞)**为更好地向广大读者推选优秀图书,中国图书评论学会和中央电视台科教频道联合举办的"2014中国好书"推选活动日前启动。

据介绍,经初步遴选,2014中国好书"活动从2014年新书中推出63种入围图书。这些图书来源于中国图书评论学会"大众好书榜"每月入选图书和全国书城、各出版单位年终申报的优秀畅销书。"2014中国好书"组委会将通过大众网络投票和专家投票相结合的方式,从中选出32种"中国好书",并推出各种类别的11种"年度荣誉好书"。

从2月12日至3月15日,人民网、光明网、央视网推出"2014中国好书"大众投票专区,各地主要媒体网站均有链接,广大读者还可通过扫描"中国好书"微信公众号(ibookmonthly)进行投票。

推选结果将于4月23日"世界读书日"当晚,在央视一套黄金时间"2014中国好书"盛典中发布。

# 欢乐祥和迎新春

▲春节期间,甘肃张掖将举办大型花灯、风筝展。图为工作人员调试风筝。王将摄/光明图片

▲ 2月13日,新疆克孜勒苏柯尔克孜自治州边防支队乌恰边防大队邀请来队警嫂为官兵讲授剪窗花技巧。

本报记者王瑟 本报通讯员刘文国摄

◀春节临近,陕西省山阳县移民安置区城市场迎来了当地移民采购年货的热潮。图为一移民搬迁户儿童在挑选灯笼。

新华社发

▼春节前夕,重庆市武隆县书法家协会与县实验小学组建11支队伍,赴26个乡镇送春联。

本报通讯员代君君 本报记者张国圣摄

## "浙江村晚"带来浓浓年味

**本报杭州2月13日电(记者严红枫 通讯员严蓓蓓、吴楠)**湖州长兴的百叶龙,杭州萧山的花边时装秀,绍兴柯桥的少儿越剧联唱《碧玉簪》……2月12日晚,一场名为"我们的村晚"的别样晚会在浙江杭州萧山瓜沥镇航民村文化礼堂内上演。来自浙江各地的农民表演者纷纷拿出看家本领,为乡村带来了浓浓的年味。

2013年以来,浙江省已建成农村文化礼堂3400多家,使之成为开展教育培训、文体娱乐等活动的文化新阵地。

## "欢乐宁夏"奏响春节乐章

**本报银川2月13日电(记者庄电一)**"欢乐进万家、送文化下基层""踏歌起舞·喜迎新春""农家乐·乐农家趣味运动会""迎新春读书会"……近日,宁夏各地精心组织的60多项文化活动,为城乡居民送上了一道道文化大餐,烘托出浓浓的年味。

以"欢乐宁夏"为主题的文化活动,与文化惠民工程、文化志愿服务活动、传承优秀文化遗产结合起来,内涵更加丰富、吸引力更强,吸引了广大群众参与。

# 我国每万人拥有发明专利4.9件

## 受理申请量连续4年世界第一

本报记者 袁于飞

发明专利,是衡量一个国家或地区科技创新能力的重要指标。国家知识产权局副局长甘绍宁日前说:2014年,我国共受理发明专利申请92.8万件,连续4年位居世界首位。同时,我国共授权发明专利23.3万件,国内专利申请数量平稳增长,结构明显优化。"

甘绍宁介绍,截至2014年年底,我国每万人口发明专利拥有量已达4.9件,比"十二五"规划纲要提出的目标提高了1.6件。发明专利结构也发生明显变化,在2014年受理的专利申请中,发明、实用新型和外观设计专利占比分别为39.3%、36.8%和23.9%,发明专利位居三种专利之首。

"近几年,我国更注重加强知识产权保护和科技创新,知识产权被置于更加突出的地位,成为引领经济发展的强大引擎。前不久,我国首次明确提出'努力建设知识产权强国'的新目标,将2020年万人发明专利拥有量的预期目标提高到14件,这与欧美发达国家的水平差不多。"上海大学知识产权学院院长陶鑫良教授接受记者采访时说。

为了适应经济发展新常态,各地出台了许多知识产权新政策。此次公布的2014年发明专利授权排名中,北京、广东位列前两位。北京出台了《深化实施首都知识产权战略行动计划(2014-2020年)》,修订了专利资助金办法,从政策层面引导专利申请向数量与质量并重转变。广东则率先提出了打造"知识产权强国建设先行地"的新目标,2014年在知识产权质押融资等方面先行先试。

同时,我国企业知识产权创造主体地位稳固。数据显示,2014年,我国企业发明专利申请48.5万件,占国内发明专利申请受理量的60.5%,我国企业获得发明专利授权9.2万件,占国内发明专利授权量的56.4%。

在2014年度企业发明专利授权量排名中,华为再次位居第一,中兴通讯等一批参与全球竞争的知识产权优势企业都进入了前十。"逾半数发明专利来自企业,表明我国企业的自主创新能力有了明显提高,通过创新和专利促进企业发展已成为关键因素。"陶鑫良分析道。

当然,我国发明专利申请和授权的质量还有进一步提升的空间。甘绍宁介绍,在世界知识产权组织划分的35个技术领域之中,2014年我国国内发明专利拥有量高于国外来华发明专利拥有量的有22个,但在光学、运输等领域与国外差距明显。

"此次公布的我国有效发明专利的说明书页数,国内专利平均为7.3页和7.8项,国外来华专利平均为18.2页和17.6项,这说明国内发明专利与国外来华发明专利在质量上仍存在不小差距。"陶鑫良指出,"有一些企业喜欢拿发明专利对企业进行'包装',而不是'武装',这种现状有待改变。"

"总体来看,知识产权量上有增加、质上有提高,从重'量'到重'质'正成为我国知识产权发展总趋势。"接受记者采访时,国家知识产权局规划发展司司长龚亚麟表示。

本报地址:北京市东城区珠市口东大街5号 邮政编码:100062 电话查号台:010-67078111 读者服务热线电话:010-67078442 67078427 广告部电话:4001080087 定价每月24.00元 零售每份0.80元 京崇工商广字第0060号

纷96批次……他还是空巢老人的“亲儿子”，乡村孤儿的“好爸爸”，流浪人员的“家里人”。他创建镇敬老院，赡养109位五保老人，76次为离世老人送终，尽孝超越血缘和职责；他坚持走乡串户探望全镇老人，对全镇6218位老人、106位五保户的情况了如指掌；他收养照顾孤儿18名，帮助64名流浪乞讨人员踏上归途……他就是一个乡级民政干部，他的故事却在都梁大地上流传，也传到了北京……

2018年6月26日，在民政部组织的“民政为民、民政爱民”主题宣讲活动中，江苏省淮安市盱眙县桂五镇敬老院院长——李银江站在讲台上，在聚光灯下显得格外精神，胸前中国共产党党员的徽章，光芒璀璨，熠熠生辉。李银江依然面带淳朴厚道的微笑。演讲开始了，李银江用的是字正腔圆的普通话。其实就在踏上讲台前，他还操着浓重的苏北方言打电话呢！为了能让大家听懂他的演讲，李银江很早就开始学说普通话，他可真下了一番苦功

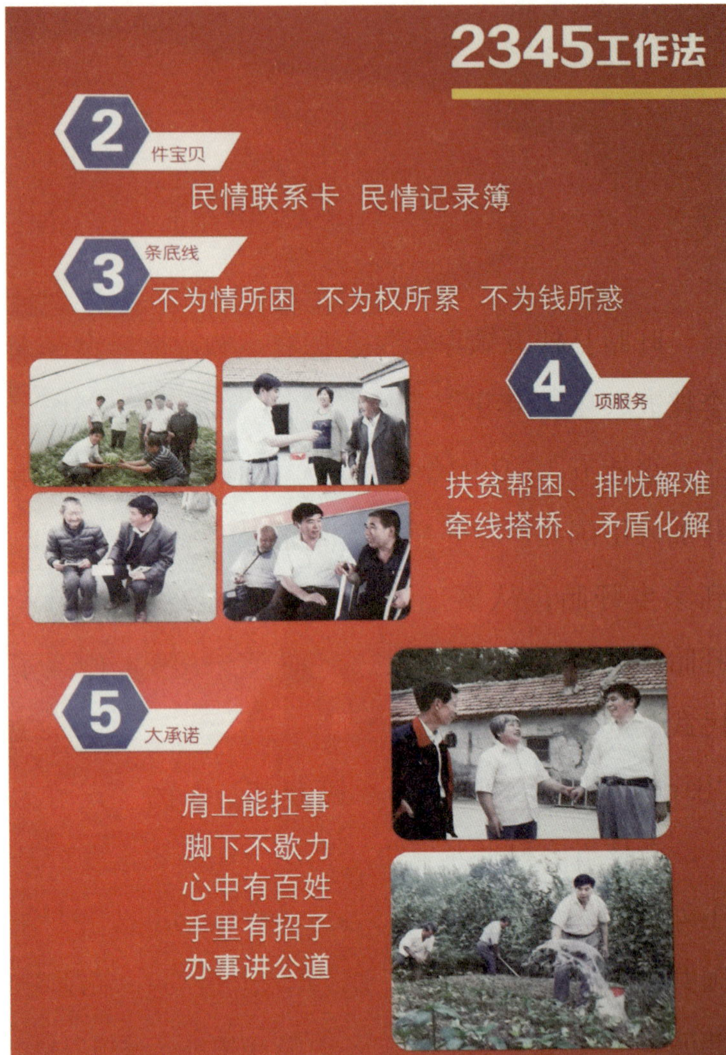


李银江“2345工作法”

夫，他多次拜访专业主持人，一字一句地纠正发音，反复练习。功夫不负有心人，他到各地宣讲、外出开会、接待考察团，可以流利地运用普通话；在家乡处理各种事务，他依然说本地方言。

## 从小立志做个好人

盱眙县桂五镇原名西高庙乡，为纪念革命烈士李桂五，1956 年更名为桂五镇。

李桂五 1929 年春考入上海新华艺术专科学校，并加入中国共产党。1929 年秋，他受组织派遣，回到家乡盱眙，从事地下工作。1932 年 4 月，中共盱眙县委遵照中共长淮特委的决定，组织西高庙农民武装起义，成立了盱眙红军游击大队，不久即被“围剿”，李桂五英勇就义，年仅 27 岁。

李桂五在盱眙活动时，李银江的父亲李学仁属于外围组织，在李桂五就义后转入地下。1946 年，国共展开拉锯战，李学仁随解放军开赴山东途中，部队首长丁凤亭说：“你父亲弟兄三个，现在就剩你这一根独苗了，你回去吧！”当时有五家村民作保，李学仁回乡务农。

李银江 1957 年农历二月初二出生，上小学时，老师曾问李银江：“你的理想是什么？”憨厚纯朴的

李银江精神

李银江大声回答："我要做个好人。"全班同学大笑，然而，这个少年时立下的志向，却真正成了他一辈子追求的人生理想。助人为乐，积极为村里人做好事，细心服侍照顾老人，这些看起来都是小事，做起来却非常不易。李银江做到了，而且，他坚持做了一辈子！

一天，李银江放学回家，父亲说："银江，你去看看孙加发，有一两天没见他家烟囱冒烟了。"听力残疾人孙加发是一个外来户，无儿无女，单身一人住在村小组公房里，长年为小组放牛、放猪。

李银江放下书包，直奔孙加发家，推开门后发现他躺在床上，脸色苍白。见到李银江，孙加发有气无力地说："想喝口热水。"李银江赶紧烧了开水，先端一碗让他喝，又装了一暖水瓶，然后他赶紧回家报告父亲，父亲马上到村卫生室请来大夫，给孙加发治好了病。孙加发逢人便夸李银江，人小心好，会照顾人。从此，李银江便主动照顾孙加发，为他解决了后半生遇到的所有困难。

## 冲在前面的“急先锋”

初中毕业后，李银江回乡务农。他为人忠厚，勤劳肯干，还有文化。1977 年 5 月，李银江当上了生产队会计。1979 年又被推选为生产队队长。

有一天，李银江带着队里社员在田间劳动。到吃早饭的时候，大伙都回家吃饭了，陈立峰、倪献武、魏玉宽、夏步罗 4 人却没回家，他们手持铁锹到水田去挖野生（荸荠）。李银江问他们为什么不回家，他们说家里没有粮食了，只好挖点（荸荠）充饥。他们饿着肚皮还来队里干活，家里还有老人和孩子，这样不行。李银江这么想着，赶紧与队里其他干部商量，由他牵头，外出借粮，解决大伙吃饭的问题。第二天，李银江开着手扶拖拉机，找个熟人担保，从河四营老乡家中，以春天借一斤玉米到秋天还一斤白米的条件，借回 6400 斤玉米，分给队里没粮吃的困难户。在借粮回家的路上，李银江心情沉重。他下定决心，一定要想办法解决农民粮

1985年李银江做四桥村党支部书记时与村会计肖华富合影

食问题。

1980年10月，李银江光荣地加入了中国共产党，当李银江站在党旗下宣誓时，他就默默下定决心：干干净净做好人，实实在在做好事，不辜负党和人民的希望。初心的激情与坚守，让他成为百姓信赖的人，不久他便担任了村支部书记。

1983年1月，李银江成为四桥村村主任。遇到难事他总是打头阵，因此得了个“急先锋”的绰号。

1984年2月，李银江担任四桥村党支部书记。

当时的四桥村老百姓点的还是煤油灯，李银江说要给村里通电，大伙心里疑虑重重。结果，李银江说干就干，跑断腿、磨破嘴，集资架电款，带领村民搬运电线杆、高压导线，运铁附件，样样冲在前。时值盛夏，酷热难耐，由于赶工期，李银江顾不得休息，在烈日炎炎的下午，突然晕倒在棉花田里，大家把他抬到村医务室，原来是高温中暑了。刚苏醒过来，他就顾不得身体虚弱，起身回到工地，继续埋杆架线。李银江脚踏实地，勤勤恳恳，一步一个脚印地干好每一件事，令全体村民非常佩服。

## 荒地上建起一座敬老院

1986年5月20日，江苏省淮阴市盱眙县公开考试招聘基层干部，李银江当上了桂五乡民政会计，成了“公家人”。李银江到乡政府上班的第一天，父亲李学仁激动得一个人跑到乡政府门前，在街上来回走了三趟。晚上李学仁跟儿子说：“你能有今天，我们李家几代人想都不敢想啊！”并嘱咐他“一定要做一个有好口碑的人”。

1986年6月，李银江刚入职到岗没多久，乡党委就交给他一项重要任务——筹建桂五乡敬老院。

桂五乡要在4.2亩的荒地上建一座敬老院。乡党委副书记、乡长吴永康对李银江说：“你就踏踏实实干，干出一个样子来！”李银江接下了任务，第一件事，就是在荒地边搭了个塑料棚子，从这天起他就吃住在这棚子里。从规划设计、工程招标、材料采购、质量监理，到最后把关验收，他都一个人抓。赶上进料，施工队人手不够，李银江就跟着

桂五镇敬老院

抬沙子、扛木材，从不惜力。这时正是一年中最炎热的酷暑时节，闷热的天气令人窒息，不干活都满身流汗，到了晚上，蚊虫围攻叮咬，无处躲藏。李银江和大家没日没夜地干了三个月，盱眙县桂五乡敬老院建成了。房子好不容易建起来了，让李银江没想到的是，老人们竟然都不愿意住进来。人老了，都有故土难离的思想，五保老人独居一辈子，大多性情孤僻，戒备心强，就怕吃亏，怕受骗上当。李银江去做动员工作，他向五保老人保证："你们到敬老院来，包吃包住，有病包医，我就拿你们当父母，我就是你们的儿子，给你们养老送终！"老人们看他年轻，根本不相信会有这等好事。李银江跟老人们约定："到敬老院住上几天，吃几顿饭，如果觉得不好，立刻找车把你们送回来！"老人们也四处打听，人们都说李银江是个大好人，做事实在。就这样，连哄带劝，最终，抱着试试看的心态，第一批的 7 位五保老人住了进来。

1986 年 10 月 1 日，桂五乡敬老院举行了成立仪式，29 岁的李银江兼任院长。

# 五保老人的“大孝子”

1987年11月8日，老人李奇山去世了，这是桂五乡敬老院第一位去世的老人。李银江为他擦身子、穿寿衣，为他设灵堂、戴黑纱，和妻子一起为他烧纸、磕头，守灵三天，办好后事。他觉得为老人尽孝，就是为党尽忠。在出殡的时候，他还遵照当地风俗，请来吹鼓手，给逝者引路。

都说“久病床前无孝子”，91岁的五保老人王玉平并不这么看，他说：“谁说的？你们看，敬老院小李子就是个大孝子。”“人间有大爱，床前有孝子。”

这天晚上，中风瘫痪在床一年多的严发伟老人走完了他人生的最后一程，86岁的他在临终前的2个多小时里，一直拉着李银江的手不放，嘴里不停地说：“银江好……银江好啊……”

2002年的夏天，正插秧的陈克华一头栽进水田里，不省人事。李银江正巧看到，赶紧冲上去，将他背起来直奔医院。陈克华老无所依，十几年前李

李银江为每一位去世老人做“孝子”，尽到了做“儿子”的义务

银江把他接到了敬老院。陈克华每年有四分之一的时间在医院度过。不管多忙，李银江都会把一日三餐送到医院，为老人擦洗身体、端屎端尿，搀着他散步、晒太阳。

2010 年腊月，84 岁的五保老人陈玉堂得了肺癌，神志不清，经常大小便失禁。李银江日夜守护，换床单、洗被褥，装取暖器、灌热水，直到 2011 年春节过后，老人安详地闭上了眼。李银江为老人守灵，按当地的风俗为老人料理后事。敬老院几个老人在一起闲聊时，总是说："只要住进敬老院，吃、穿、住、用，银江想到做到，谁走了，他还把后事料理得妥妥当当，亲儿子也不过如此。"

88 岁的五保老人史硕泽在桂五镇敬老院住了 16 年，李银江经常帮他洗澡，换衣服，翻动身体，端屎端尿。冬天还专门为他做了条厚棉裤，给他买了两个热水袋。每天吃饭，他总是先给老人喂完饭，自己再吃，天气好就背着他出门，让他躺在摇椅上晒晒太阳，呼吸新鲜空气。弥留之际，史硕泽用沧桑的双手握着李银江说："我这辈子无儿无女，到老了一直是你在照料着我。有你这个'儿子'，我死也会瞑目的。"听到史硕泽老人的一番话，李银江早已泪流满面，他双手紧紧握住史硕泽的手，却哽咽无声。

李银江始终遵守自己的诺言，待老人如父母，细心照料他们。为每一位去世老人做"孝子"，尽到了做"儿子"的义务。他还在敬老院里专门设了追思堂，供奉逝者的遗像。每逢清明、冬至、春节，

李银江在敬老院里专门设了“追思堂”，供奉逝者的遗像

李银江必去祭奠。平日闲时，他也会进去看一看，追忆老人的过往。他要让活着的五保老人看到，敬老院就是一个大家庭，他们活着，有家的温暖，他们走了，也会有人为他送终、上香、磕头，有人祭奠。

人们不能理解李银江这样做究竟为了什么，其实，在农村，这可不是随便就可以做的事，尤其自己父母尚健在。为此，李银江还要安抚爹妈的情绪，刚开始他父母很不高兴。李银江说："我答应过五保老人，当他们的儿子，就要为他们养老送终，这也是我的职责所在。"

## 时刻听从党召唤　哪儿有困难去哪儿干

1999 年 2 月，四桥村班子出现问题，李银江临危受命，再次担任了四桥村村支书。当时村班子处于瘫痪状态，村集体欠老百姓的债高达 84 万元，村工作无法正常开展。镇党委经过研究，决定派李银江回到四桥村兼任支部书记，扭转局面。“镇里给我的任务很明确，配强村两委班子，动作要快。”临危受命，李银江不敢怠慢。他将村里肯干事、能办事的村民，选进了新一届两委班子，除村主任继续留任外，其余 5 名班子成员全部是新配的，前后只用了一个月时间。

2000 年 5 月，新任村支书到任四桥村，接替李银江，直到领导班子配齐了，各方面工作走上正轨，他才离开。一周后，新来的村支书专门跑到镇敬老院找他说：“李书记，我可省心了，你配的班子真能干。”

李银江为新食堂添砖加瓦

2002 年 11 月，林业村村主任意外身亡，村民议论纷纷。镇党委、镇政府决定让李银江再到林业村兼任一年村主任，李银江二话没说就去了，敬老院的工作也没耽误。

2004 年 4 月，李银江又被派到方港村兼任支部书记。在他去之前，进出村里的唯一的道路由于年久失修，坑洼不平，群众出行“晴天一身土，雨天两脚泥”。“要想富，先修路”，群众喊了多少年，干部也多次表过态，可方港的路还是坑坑洼洼。自打来了李银江，方港修路见曙光。李银江听取各村

李银江在敬老院干活

民小组的意见，多次召开村委会，专门研究修路事宜，搞测算、拿方案。方案定好了，资金、修路补偿等问题一个个摆在了李银江面前，他不断到上级部门筹集资金，与交通局等部门沟通、协调修路事宜，并带头为修路捐款，多方筹资近10万元。为了挤出时间，李银江常常是白天黑夜连轴转，每个晚上，他办公室的灯总是亮到天明。李银江说："作为全村的带头人，我不想占群众的一点便宜，就是想为大伙办点实事。"

一直到2008年5月，李银江筹集了近30万元资金，修好了中心路。方港村四个小组过去农业用水非常困难，李银江牵头建了一个电灌站。

还有一件最棘手的事，方港村有28亩地，被前任村支书口头协定分给四户人家种。收成好，私下给点好处；收成不好，一文不交。村民意见很大。通过召开几次群众代表大会，李银江把这28亩土地拿了回来，公开招标，本小队一个姓邵的人中标，承包了这28亩地，为村集体经济增加了一笔稳定的收入。

桂五镇民政办主任退休多年了，这个岗位一直空缺。十几年来，民政会计李银江，一直干着民政办主任的活儿。乡镇民政办主任岗位属于公务员序列，民政会计是事业编制。可是李银江从来就没在乎过职务上待遇的得失。桂五镇一位退休干部说，李银江就是桂五镇的“消防队长”，哪里有“情况”，一个电话，李银江就会去救。事实也正是如此，在桂五镇遇到重要的大事、难事、难以化解的矛盾，大家第一个就会想到李银江。

## 因地制宜　劣势变优势

2003年，盱眙县大力推进招商引资工作，李银江也有招商任务。他便去了南京，跑了两天，毫无头绪，在中央门车站附近找了一间30块钱一晚的小旅馆住下。他想：招不到商，引不来资，我们自己因地制宜干点什么，能挣到钱，让村民富起来不也一样吗？一想到这里，李银江更睡不着了。那天晚上，他辗转反侧，把桂五镇山山水水像过电影一样排查了一遍，优势不多，劣势不少，好动脑筋的李银江就来了个逆向思维，他思谋怎样才能把劣势变成优势。突然，一个想法像一束微弱的小火苗，越来越大，一下子点亮了他的心灯，一个成熟的方案在他心中形成。天一亮，他就搭车回到桂五镇，刚到家就找书记、镇长汇报工作，看到他信心满满的样子，大家都以为他引来了大资金、大项目。

桂五镇是玄武岩地质，多丘陵、低山黄沙地，利用率低，还有很多荒山。当地老人去世后，散葬

桂五宝山陵园

在各个山坡上。近年来，由于公墓价格飙升，殡葬用品也是水涨船高，墓地贵，丧葬用品也贵，老百姓反映“死不起”“葬不起”。买不起墓地的城里人也找关系葬在山坡上，对森林防火造成极大的隐患，也破坏了生态环境。李银江先把想法做了口头汇报，接下来又给镇党委、镇政府递交了一份报告和《关于请求开发公益墓地可行性方案》。李银江还表示说："我们发展当中求生存，生存当中求发展。不要政府一分钱。"李银江的想法得到了上级领导的支持。

李银江选了一片丘陵山地作为公益公墓（一期）用地。

公益公墓（一期）建成了，伤残军人、烈属、复员军人、重残户和低保户等一律免费，其他本地居民以略高于成本的费用购买，所得利润用于绿化、管理和维护。

自2003年以来，桂五镇已建成4片公益性公墓，还建起了两栋安息堂。2010年殡葬改革，全市普及绿色殡葬，禁止土葬。李学仁就跟儿子说："银江，我和你妈死后你要带头火化，不那样，你工作不好做。"李银江从心底里感激父母对他工作的支持。

李银江一直记着父亲的话，"一定要做一个有好口碑的人"。

方港村的王义军在厦门经商，成了有钱人。他母亲病故后，他打电话问弟弟和妹妹：妈妈的墓地怎么买的？弟弟告诉他，就在当地镇上公墓买的。他回到家以后说："才两千块钱？不要不要！"他又到县城花5.8万元重新买了块墓地。

这件事对李银江触动很大。于是，他们在国家政策允许的范围内，建造了一些高档墓地以满足不同消费层次的需求。

李银江是个有心人，他通过调研发现，有的个体商户丧葬用品的差价惊人。例如一个骨灰盒，进价200元钱，市场上可能会卖到1000元，甚至几千元。于是，桂五镇敬老院开始经营丧葬用品。进价15元的花圈，只卖18元；进价196元的骨灰盒，只卖200元，并且从2016年起，向桂五镇所有去世居民赠送骨灰盒，3年多来共免费送出700多个骨灰盒，仅此一项就为全镇丧葬户节约了15万多元。

民政部门不能要求商户限价，但是可以通过市场行为调节啊。镇外一个经营丧葬用品的个体商户打电话给李银江，威胁李银江说："你做得太过头

李银江与敬老院老人喜迎十九大

了吧！”他不相信李银江没有“小辫子”，表示要举报他。李银江说：“你可以直接给盱眙县纪检委打电话举报我！”

# 他是孤儿的“好爸爸”

2011年8月28日，桂五镇发生了一起两家灭门凶杀案，7尸9命，其中一个母亲怀着双胞胎，死者年龄最大的72岁，最小的才6岁。案子太大，局面很难控制，镇里让李银江参与工作组，负责前方指挥，处理各种事务。忙了三天三夜，终于做通死者亲属各方面的思想工作。7具遗体运达殡仪馆，准备第二天火化。

晚上，李银江拖着疲惫的身子回到家，已经累得站不住了。洗了把脸，他哑着嗓子对妻子说：“你明天一早，去买一套小女孩穿的衣服，再买一个发夹。”妻子不解，李银江告诉妻子，被害的小女孩，和他们的孙女一般大，他看到孩子满身血污，难过得不能自已，他要把小姑娘打扮得干干净净地送走。

第二天一大早，李银江带着妻子来到殡仪馆，把小姑娘的遗体从冰柜里抱出来，倒了两盆温水，

李银江与李月月

用毛巾一点点把脸上的血润开，轻轻擦洗干净，把沾满血污的小褂子用剪刀剪掉，换上一套新衣服，别上了发夹……

另一家 15 岁的女儿李月月，当天不在家，逃过一劫。面对着失去父母的李月月，李银江眼泪止不住地往外涌。她爸爸妈妈的骨灰盒，李银江和小姑娘一人捧着一个来到墓地。在烈日下，李银江陪着她哭，做了三个小时的思想工作，李月月才同意安葬骨灰。

忙完丧事，已经开学了。李银江带着镇党委介绍信，把李月月送到学校。报了名，给她把床铺好了，她一直蹲在墙角默默流泪……天色渐晚，李银江该回去了，小姑娘一把抱住李银江的大腿，不让他走。“大伯，我没家啦！我怎么办啊？”李银江搂着李月月说：“你有家！大伯家就是你的家，敬老院也是你的家。以后，星期天、节假日，你就回来，需要钱、需要东西，你就来找我！我就是你的爸爸！”李银江把她当女儿待，就连化妆品都给她买。耽误下的功课，李银江给她找老师辅导；陪她谈心，帮助她早日走出失去亲人的心理阴影。李银江特别注意呵护李月月的自尊心，增强她的自信心，直到她高中毕业，考上大学。

如今李月月不但走上了工作岗位，性格也变得活泼开朗。李银江说：“小小孩子遭遇不幸，我们要扶持他们走正人生路。”桂五镇敬老院先后抚养了 18 名孤儿，如今，有的都已经成家立业了。

李银江与杨家三姐妹

杨正红、杨正芳、杨正霞三姐妹是桂五镇林山村新民组人，父亲因肝癌去世，母亲因车祸去世，让当年分别16岁、11岁、9岁的三姐妹成了孤儿。李银江得知后，将三姐妹接到了敬老院，从此当上了三姐妹的“代理爸爸”。“亲生父母去世后，是李爸爸的爱给了我们家的温暖。我们虽然是孤儿，但有李爸爸，我们不孤单。”老三杨正霞一脸幸福地说。如今，每年春节杨家三姐妹都会携家带口，来看望她们的“爸爸”李银江。

## 他领头“动人家的祖坟”

2012年，桂五镇招商引资5亿元，开发石鼓山，建设太阳能发电站。这个项目开发成功后，不仅有几百万元土地租金，每年还将为桂五镇产生四五百万元的税收，这可相当于给了桂五镇一个“大金蛋”。可是，这千亩荒山上有357座坟，投资商要求在两个月之内全部迁走，不能影响工期。镇党委、镇政府自然十分重视，经开会研究，又决定把迁坟任务交给李银江。

这可不是一般的困难工作，上门做迁坟户的工作是件十分难办的事。想把357座坟墓在两个月之内迁走，谈何容易？要知道，在农村，“动祖坟”是大忌，你刨人家祖坟，人家会跟你拼命的。怎么办？李银江独自到山上转了一圈，“357”这个数字就是他一个坟头一个坟头数出来的。357座坟中，有6座是李俊家的——祖父母、父母、伯父母。李俊是什么人？“是本村财大气粗的有钱人”，在城里做生意，他曾经因认为镇长办事不公，闯进镇政府向镇长叫板。

李银江决定先啃下这块“硬骨头”。

他打电话给李俊说：“老大，石鼓山招商引资开发，要迁坟，有你家6座，你有空回来看看啊。”他话还没说完，李俊就火了：“李银江！你要干什么？”“不管怎样，老大你得回来一趟，我们谈谈。”

土生土长的李银江很清楚，在农村做工作，讲清政策、讲明道理是一方面，更重要的，得“懂礼数”。

过了两天，李银江刚上班，李俊就来电话，说他马上出发。李银江说：“好，我在供仙阁等你。”李俊听完后，愣了一下。

李银江自己花钱在桂五镇上最高档的饭店供仙阁订了包间，备下好酒，请来了6个人作陪——李俊的3个同学、3个亲戚。

酒过三巡，李银江说：“老大，你是走南闯北的明白人，咱们镇上要发展，好不容易引进这个好项目，咱不能让几座坟头把咱这好事给毁了吧！我是干民政的，今天，政府把迁坟的任务妥妥地压到我头上，我难啊！我数过了，总共357座，你家最多，一共6座，你能不能带个头呢？今天把你同学请来了，把你表弟、姨弟、堂舅也请来了，目的就是一个，就是想请你帮帮我。怎么弄呢？我们都姓李，你爷爷奶奶跟我爷爷奶奶一样，你的父母跟我父母一样，你的大爷大妈跟我的大爷大妈一样，现在开发商有这样的要求，我们带个头，好不好？”李俊说：“你都这样说了，我能咋办呢？我生意忙，那这样，明天一早就动手！”李银江端起酒杯一饮而尽。

李银江连夜把挖掘机准备好。他知道，“刨祖坟”这个事给再多的钱，一般人也不愿干。他带上敬老院几个年纪轻一点的五保老人，第二天一早，按当地的风俗，做了一个仪式，先用挖掘机把上面的坟丘挖开，再用人工细心地扒出棺材，打开盖，跳进去，一块一块拣出遗骨，装进骨灰盒。没有朽坏的、装不进骨灰盒的遗骨，按当地风俗，用被面包上。

6 个骨灰盒，只有李俊一个人捧。李银江说："老大，你把你大大、妈妈捧着，我捧 4 个！"两人捧着 6 个骨灰盒，去镇里公墓安葬好。

李俊家这 6 座坟一迁，其他就好办多了——李俊家都迁了，大家跟着就都迁了。

正是 7、8 月份高温多雨季节，李银江一家一家跑，晚上做工作，做通了，天明就带上几个五保老人去迁坟。最多的时候，一天之内迁了 22 座。碰上雨天，"浑身像个泥猴子"。

就这样，用了 53 天时间，把 357 座坟全部迁进了公墓，李银江又黑又瘦，像变了个人，简直没人样了。

李银江提前 7 天把这样一件难办的事情搞定了，受到了投资商的称赞。

更让人佩服的是，李银江迁了 357 座坟，居然没有一个说李银江坏的，没有一个到镇政府闹的，也没有一个要额外补贴的。

李银江说：“我做工作，不管他姊妹6个、8个，如果不是个个都同意，我不会去迁，毕竟是挖人家老祖坟，有一个工作没做通，人家打到镇政府，闹到镇政府，我怎么办？”

后来，开发林山，6000亩山头上有864座坟，也是李银江带五保老人如期迁完的。

做任何工作，都不会一帆风顺，农村工作尤其难做。遇到困难的时候，李银江一个人在办公室或是家里掉眼泪，然后，自己擦干眼泪，再去干。

## 敬老院管理“自治”他是“掌舵人”

早在办院初期，如何管理好敬老院，是院长李银江一直思考的问题。为了把敬老院办成老人们自己的家，让老人在敬老院找到有子女的感觉，找到家庭的温暖，李银江创新出不少“金点子”。通过民主选举，敬老院成立了老人自治委员会，院内大小事务一律上自治委员会，交给五保老人自己管，民主决策，公开透明，来个老人自治。如今，敬老院的事，李银江只是总体把关，决定权都交给老人，五保老人和行政后勤人员进行混合编组，组成了院务管理委员会，管理着敬老院的大小事务。每个月还定期召开全体院民会议，向老人们公开敬老院的账务，并且就院里的一些管理和决定征求老人们的意见。

“明天早上吃包子、馒头、鸡蛋？”

“中午要吃什么？”

“白菜烧肉、胡辣汤……”

李银江亲自为老人们打午饭

第二天一大早，桂五镇敬老院管理员老穆便骑上三轮车，带着五保老人陈老、张老赶到镇上大超市采购回了敬老院当天的伙食：肉 5.91 千克，每千克 19.6 元；鸡蛋 6 千克，每千克 11.8 元……这份账单由敬老院会计验收后，贴到了食堂门口的公示栏上，向全体老人进行明示。陈老和张老两位老人是桂五镇敬老院院务管理委员会采购小组成员，这么多年来，敬老院的物资都由敬老院组成的一个采购小组去采购。国家拨款花到什么地方去了？这两天伙食是什么？民政部门拨的物资该怎么分配？这些问题在一般的敬老院也许只有院长最清楚，不过在桂五镇敬老院，老人们也像知道自己的事情一样，人人心里有一本账。伙食采购、财物管理等事项各有分工，人人参与、个个开心。

食堂电子菜谱

准备晚餐

敬老院里也时常会发生些矛盾，71 岁的周贤兵，人送外号“犟驴”。有一次，老周去走亲戚，回来后跟李银江“算账”，这几天他没在敬老院吃饭，上面给的伙食费必须退给他。67 岁的五保老人孙波能写会算，性格很外向，喜欢拉家常，特别爱管事，他一会儿说敬老院的账有问题，一会儿说敬老院的菜有问题，一会儿说李院长的人有问题，说得有鼻子有眼。李银江没有生气，也没怪罪谁，他和院管委会商议，马上召开民主生活会。虽然处理的都是老人们之间芝麻绿豆的小事，但李银江却将其作为引导老人们追求健康生活方式的主阵地。

# 敬老院的“农疗园”

李银江提议种菜种粮，以院养院，让老人们活动一下筋骨的同时，还能自给自足。这一提议得到大家的一致响应。很快，李银江带领院内的老人们利用院内空地，开发出2亩菜地、8.5亩粮田，并取名“农疗园”。五保老人愿意种地的，种一片玉米也行，种几棵辣椒也行，量力而行。菜长好了，按

李银江和老人们一起采摘蔬菜

陪老人钓鱼

劳动成本卖给敬老院食堂。

“没劳动的时候，这病那病，浑身不舒服。自从到‘农疗园’里干活后，每天在地里浇水、施肥、除草，既能锻炼身体，又能吃到自己种的菜，自己种菜自己收，感觉精神好多了，病也少了。这‘农疗基地’，果真疗效显著。”说起“农疗园”，老人杨明干乐呵呵地拉着来访者参观他的劳动成果，只见空地上已长出绿油油的菠菜，煞是可爱。

“我们一辈子生活在农村，闲不住，现在没事干点活，既可以锻炼身体，又能吃上放心的绿色食品，实现了自给自足。更重要的是，这让我们觉得自己还没老，对社会还有用。”五保老人们笑着说。

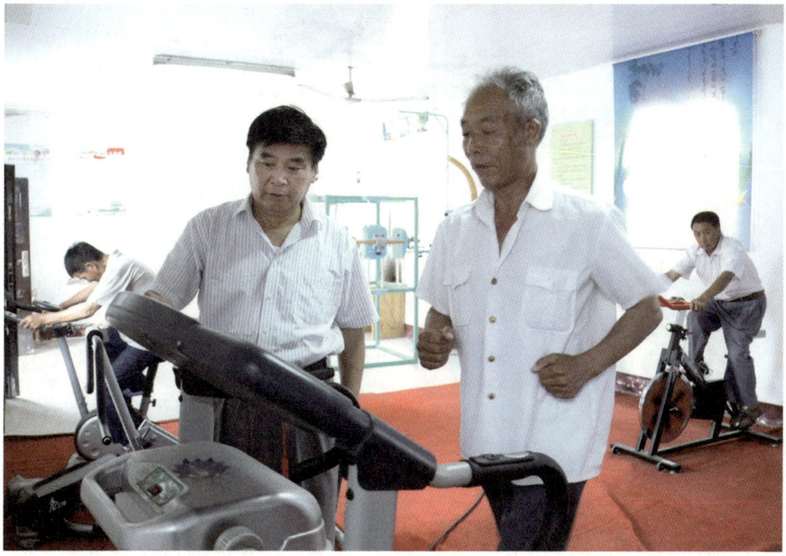

陪同老人健身

看老人们干得这么欢，李银江又在院子里开发了4亩左右的活水鱼塘，让老人们养起了鱼虾。在敬老院中大力发展庭院经济，实行以院养院，不仅提高了敬老院老人们的生活水准，而且让五保老人通过自身劳动获得更高的成就感，是在基层民政事业的良性发展上进行了有价值的探索。

一年冬天，五保老人邵永林突发肺心病，呼吸困难、生命垂危。那天夜里下大雪，地面积雪五六十厘米，救护车来不了。李银江和工作人员抬着老人，踏着积雪走了4里路把老人送到医院。医生说："老人再晚来一步，命就没了。"

李银江说："如果敬老院有个卫生室就好了。"

院里老人平均年龄 84 岁，年龄大了，头疼脑热、肠胃不适时有发生，老人和家属都非常关心老人看病的问题。虽然一般的病，吃点药、输几天液就好了，但敬老院没有医生，每次都要去镇医院或县医院看病，敬老院或家属还要安排人员去照顾，来来去去花费很大。他算过一笔账，老人去医院住院输液，救护车出车费、住院床位费、护理费、伙食费、药费等，怎么都要上千元。李银江给县卫生局、桂五镇政府打报告申请建卫生室。

没过多久，桂五镇敬老院的门面房里开设了 320 平方米的卫生室。今年 2 月 21 日，94 岁的蒋奶奶感冒发烧，医务人员到蒋奶奶房间给她送药、输液，4 天病就好了，一共只花了 208 元。

## 敬老院里的黄昏恋

69岁的纪凤如，是敬老院里有十几年院龄的“老资格”了。原来，当年40多岁的纪凤如，没老婆、没孩子，一个人生活。镇里扩宽道路，老纪家的房子面临着拆迁。工作人员上门动员，老纪提出想去敬老院生活。可40多岁根本不够入住敬老院的条件。院长李银江来到老纪家，说：“来敬老院可以，可你才40多岁，可不是来享福的。你不是没地方住吗，这样，我们包吃包住，再发你工资，你来敬老院做服务人员吧，你看行不行？”就这样，单身汉纪凤如搬进了敬老院，当上了服务员，他年富力强，种菜、跑腿、洗衣、喂饭……样样都能干。在忙忙碌碌中，老纪到60岁了，符合五保老人政策，成了养老院的正式老人。

2006年，敬老院新来了个炊事员张玉平，是离异独身女人。张玉平一个人承包了食堂烧饭、打扫卫生的活计。纪凤如看着她一个人不容易，时常帮

敬老院里的黄昏恋

她干这干那。两个人日久生情，走得越来越近。为了让他们名正言顺地走到一起，李银江热心撮合，双方都很愿意，于是选了一个好日子，在敬老院举办了一场婚礼。纪凤如在婚礼上激动地说："一辈子打光棍，老了还能找个伴，我这辈子知足了，感谢李院长牵线搭桥，让夕阳之花绽放光彩。"敬老院先后有 9 对老人结成夫妻。

## 敬老院里的“经济改革”

2014年9月，省民政厅安排李银江到香港考察敬老院，他7天考察了香港7家养老机构，收获不小。他发现，香港的养老机构其实硬件都不如桂五镇敬老院，但是，桂五镇敬老院在三个方面与香港的养老机构存在巨大差距：一是运行模式，二是内部管理，三是护工服务理念。回去后把这三个短板补齐，桂五镇敬老院定会有崭新的面貌，李银江信心满满。

李银江决定，回来就学人家的模式发展桂五镇敬老院。

他紧锣密鼓打了报告。有人好心劝他：都快60的人了，多求平安，不要搞什么创新了。李银江不听，2014年12月20日，他就在敬老院门口挂出了“桂五镇区域性养老服务中心”的牌子，探索市场化养老之路。

牌子挂出没几天，就有人找上门来。一位老太太骨折，需要人照顾。李银江想：这是市场化的第一单生意，要以服务为主，不赚钱。他跟老人的儿子说："行，你送她来吧，给她喂饭，伺候上厕所、洗澡，都没有问题，每月 600 块钱。"儿子一听非常高兴。三个月后，老人病好了，却舍不得走了。

第二单生意，是一位 96 多岁的老先生。由于他吃得太好了，便秘，一到吃饭，家人就劝，"不能多吃哈"！实在没办法了，家人找到李银江，李银江一听，说："行，送来吧，一个月 1300 元。"老人的儿子在上海工作，收入高，这个价格他觉得太便宜了。李银江找了个年龄小些、身体好的五保老人，说："一个月给你开 800 元钱，你就把老人照顾好喽！"五保老人很开心，按照李银江的吩咐，买来 50 斤山芋，用玉米面烧山芋粥，猪油炒小青菜，一个星期，老人便秘好了。老人有精神了，吃饭也香了，觉得这里什么都好吃，还有人聊天。老爷子不肯回家，就在敬老院住下去了。

自从挂上"桂五镇区域性养老服务中心"的牌

敬老院电影放映室

子，敬老院敞开大门接纳了96名空巢、留守老人。李银江根据老人的身体情况及其家庭经济状况，酌情收费，经济条件好的多收点，条件差的少收点，他说这就是老话讲的“穷人吃药，富人出钱”。有能力做护工的五保老人积极性也很高，有时需要服务的人少，还会排班，几个护工轮流照顾一名老人。

## 廉洁奉公为困难户排忧解难

李银江作为民政工作人员，每年掌管着上千万元资金的申报、审批、分配、划拨。多年来他始终保持清醒头脑，心存敬畏、手握戒尺，守住为人、做事的基准和底线。2004年、2007年，李银江的岳父、小舅子分别因病去世，爱人让李银江为岳母办低保，被他拒绝。2009年，李银江的亲家母身患癌症，儿媳妇找他办低保，同样被李银江拒绝。李银江说："我最怕农村低保变成'人情保、关系保'，群众的眼睛是雪亮的，办得好得民心，办不好失民心。"

2011年10月，王广林被诊断为直肠癌急需做手术，因拿不出手术费，只好放弃治疗回到家中。他无意中看到了李银江的联系卡，便抱着试试看的心理打了电话。李银江当即表示："千万别放弃治疗的机会，我来给你筹钱。"接连几天，李银江进县城、跑市里，最终争取到1.56万元救命钱，王广林得以再次住进医院，顺利做完手术。

李银江捐赠福利彩票所中大奖 25 万元

桂五镇林山村双民组的村民叶克林一辈子也不会忘记，自己这条老命是李银江给“抢”回来的。2012 年冬天，叶克林骑自行车翻沟里了，刹车的闸把儿从他鼻孔穿进了鼻梁，情况十分危急。李银江知道情况后直奔现场，由于自行车的闸把儿插入鼻孔太深，医生不敢现场处置。李银江看病人一直血流不止，情况很危急，就对医生说：“不能再等了！救人要紧！请您现场指导，我来拔，有什么事情我负责！”在医生的指导下，他小心翼翼地将自行车刹车的闸把儿从叶克林的鼻孔中拔了出来。到医院后，医生说："再晚一步，命就没了。"

2011 年年底，快要结算了，地方民政部门有销售福利彩票的任务，桂五镇民政办还剩 12 张福利彩票没卖出去，李银江决定以敬老院的名义买下，以便年终结算。没想到，刮开后，发现其中一张中了 25 万元大奖。当时，办公室里只有他一个人，如果让亲友拿去兑了，不会出现任何问题。但是李银江马上给镇长打电话报告此事，镇长还笑他："你别吹了！"得知情况属实，镇长让他向镇党委书记汇报。书记问李银江打算如何处理，李银江毫不犹豫地说："捐给镇财政，用于扶贫帮困。"

## 他的手机是老百姓最信服的“110”

30多年来，李银江有两样东西从不离身，一是民情笔记本，二是民情联系卡。每户群众的困难他都详细记在民情笔记本上，每走访一户都会留下民情联系卡。

李银江把全镇五保老人、孤儿、残疾人、特困户、退伍军人、军烈属和受灾群众的基本情况、存在困难、生活需求和反映的问题一一记录下来，事情办好了、困难解决了，就在事项后面画个勾儿做个记号。日记本上记录了李银江几十年来处理的各种成功的、失败的村事案例，李银江至今还时常拿出来翻阅，总结经验。以民情日记本为教案，处理村民事务，已经成为李银江处理民政工作的一个好方法。

小卖部老板给李银江打电话说：“李书记，刚才老刘在我这里买了五包老鼠药，说是要回家同归于尽呢。”“什么？刘龙财吗？”李银江赶紧朝着老

当初买了五包老鼠药说要药死全家的刘龙财，在李银江的劝说下，与家人修好，如今过上了幸福的日子

刘家跑去。原来，老刘喜欢打牌，可惜总是输。儿媳怕他把钱都输了，就收走了他的复员军人补助卡。刘龙财因为一时想不开就去买了老鼠药，要和全家同归于尽。李银江赶到他家，问清原委，就和全家人坐在一起商议。李银江提出建议："依我看，你们这个家，老刘是家长，还是让老刘当家吧！"可是，没到半个月，老刘就坚持不住了，主动提出不要当这个家了。李银江对老刘说："怎么样，儿媳妇不容易吧？知道当家的难处了吧？"老刘红着脸点点头。如今，老刘每个月有500元零花钱，日

李银江 35 年来，写了厚厚的 38 本民情日记本

子过得乐呵呵。

“农村的工作，一加四等于五，二加三也等于五，虽然答案相同，但是过程却不一样，在变化中如何灵活、机动地处理问题很重要，灵活的工作方法是基层工作最关键的一环。”对来镇里工作的年轻人来说，李银江的民情日记本还发挥了“传帮带”的作用。李银江通过民情日记本指导青年人开展工作，了解乡镇民情，民情日记本成为青年学习的模板。几十年来，李银江已记录了厚厚的 38 本民情日记本。

“在民政的路上，前方可能有很多困难，但困难是死的，办法是活的，只要努力，就一定会成功。”李银江的民情日记本中曾写着这样一段话。

他的民情联系卡正面是姓名等信息，背面印了16个字：扶贫帮困，排忧解难，牵线搭桥，矛盾化解。这就是他的服务内容。从用名片开始，他先后印了2.5万张，还剩不到2000张。“人家的名片给老板、给朋友，我就给我的服务对象。”他的手机24小时开机，随时处理“警情”。日久天长，老百姓都说他的电话就是“110”“119”“120”。所以，要问李银江哪一天最忙，他说不知道，哪天都忙，忙属于本职的工作，也忙更多分外的工作。

## 只要他遇到事了就得管

2017年的一天，李银江经过某村，看到一户人家门前围满了人，知道有事情发生，马上赶过去。民警看到他立刻说：“太好了，你来了，这个事情就交给你了！”

原来，洪兰（化名）的丈夫早先因抑郁症自杀了，留下三个女儿。洪兰在城里打工时认识了丧偶的男人，两人相处了一段时间，领了结婚证。这一天，两人举办婚礼，男方的车子来接洪兰，洪兰要把三个女儿一起带走。而孩子的爷爷奶奶认为自己的儿子已经不在了，更舍不得三个孙女离开，坚决拉着孙女不放。因此，邻居打了110，警察来了，见一家人哭成一片，也无可奈何。

李银江先把洪兰拉到一边，说：“洪兰你今天办喜事，也算一个新人，你今天一定要把三个孩子带着吗？”

洪兰很委屈：“他们两个老的七十大几了，能带孩子吗？我自己生的，我不带着啊？”

“孩子是你生的，不错，那就不是人家儿子生的了？人家刚刚失去一个儿子，你再把三个孙女带走，一下子失去四个亲人，换作是你，受得了吗？万一老人想不开，出了什么事情你这一辈子能安心吗？”

“那你说怎么办？”洪兰问道。

“你今天一个人跟车子走，高高兴兴把喜事办了。过三天也行，过五天也行，你再回来接孩子。你不要到家里带，你到我办公室，我负责把三个小孩交给你！”

“你这样讲，行，我相信你！”

洪兰的工作做通了，李银江转过来找两位老人：“老爹老奶，你们的心情我理解，但是，你们这么大年纪了，身体又不好，能把三个小孩带大吗？你们不让她带走，洪兰说了，她不要了，三个小孩都丢给你们！”

两位老人很为难：“那我们哪负担得了啊？”

李银江马上说：“我跟洪兰讲好了，她今天一个人走。过几天回来，小孩愿意跟她走，你们就让她带着。反正也不远，都在一个镇上，你们想孙女了，随时去接。她如果不给，你来找我，我去把小孩接过来。”听李银江这么一说，两位老人的思想也通了，洪兰终于上了汽车走了。

处理农村这些事情，李银江的经验是：人在气头上，是一根“钢条”，你要想办法把他盘成“面条”，这时候你还不能动手，继续把他调成“糊涂糨子”（糨糊），然后就好办了。

李银江排了一下，桂五镇3.8万多人口，民政工作对象在1万人左右——聋、哑、盲、肢残、智障，死人的、失火的、生灾的、害病的，再加上60岁以上老人。哪怕一天有20个人找他，就够他忙的了。但是，“最远的村，离镇政府25里，他们走山路跑来，咨询政策也好，处理问题也好，你不给人家一个完美的答复，人家能满意吗”？所以，“我们民政工作做得好，促一方和谐，保一方平安”。

30多年来，李银江始终坚持骑自行车下队、去

自行车上的
“巡视员”

村走访，全桂五镇范围大大小小的角落他都跑了个遍，骑坏了 4 辆自行车。“我第一辆自行车是‘长征’牌，后来还骑了‘永久’‘凤凰’牌的自行车。”谈起自己的爱车，李银江如数家珍，现在骑的这辆“凤凰”牌自行车，他已经骑了 11 年。李银江骑车行程已超过 20 万公里，20 多个村 204 个小队都留下了李银江的身影。

残疾人章海燕，21 岁时因手术造成高位截瘫，与腿部残疾的丈夫育有一个女儿，家庭十分困难。

2014 年，李银江在助残活动中认识章海燕后，把她请到敬老院为敬老院看大门。章海燕“第一次领到工资后，这么多年第一次敢抬头看人了”。去年，李银江让她做现金会计。记者问她第一天坐到办公桌前什么感觉，她说：“飞起来了！”

敬老院门口还有一块牌子——桂五镇残疾人供养中心。聘用残疾人章海燕，人们很不理解，怎么用残疾人呢？残疾人能胜任的工作，就用残疾人，解决了残疾人的就业问题，这也是积极的救助。李银江真是个称职的民政干部。

## 他心中时刻牵挂着老人

30多年过去了，李银江从“小李”变成了“老李”，敬老院却越变越漂亮了。桂五镇敬老院经过几次改造扩建，占地面积从4.2亩扩展到34.5亩，房屋面积从200平方米增加到2650平方米。前面一个小院子，种了花草树木，后面还有一个大院子。放眼望去，一片片稻田青翠欲滴，在微风的吹拂下，泛起阵阵波浪；一畦畦蔬菜含绿绽放，在阳光的照射下，漾开勃勃生机……

敬老院的老人从最初的7位，增加到现在的204位，其中109位是五保老人，年龄最大的100岁。李银江当了76次“孝子”，亲自为76位离世老人擦洗身体、穿寿衣、戴黑纱、守灵堂、办丧事，送老人风风光光走完人生最后一程。他还将老人们的遗像存放到追思堂，每逢四时八节都要祭奠他们，让每位老人活着生活愉快，走了含笑九泉。

李银江说：“送走的老人多了，晚上最害怕电

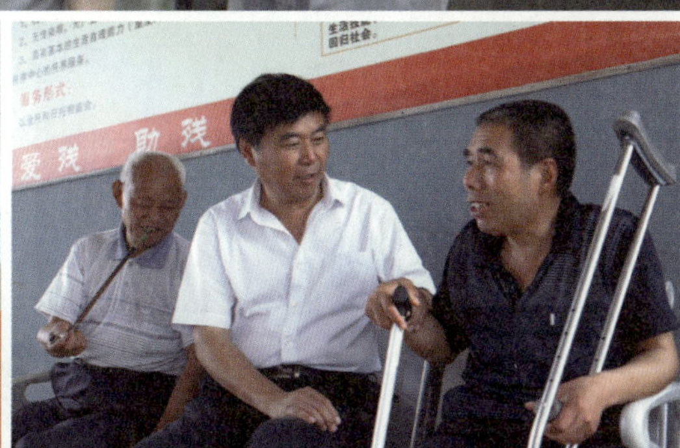

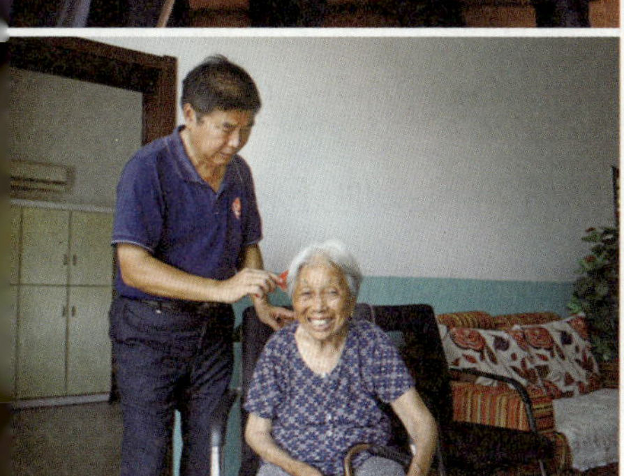

李银江心中时刻牵挂着老人

话铃响，电话一响我就提心吊胆，十有八九又是老人出事了！说句心里话，近几年，我去外边参加活动多了，最让我牵挂的是敬老院的老人们，特别是失能老人，只有跟他们住在一起，我才会安心。”

2019年4月1日，李银江到北京开会，92岁的五保老人陈广英的护理员穆桂银在电话中告诉他说：“这几天老人家看你不在院里，一直在念叨：‘银江呢？银江呢？’”4月5日，李银江回来了，一进敬老院大门，就被几位老人拉住问：“全国民政会有没有见着习总书记、李总理？”李银江凑到老人耳边，大声说：“总书记特别挂念咱们五保老人……”正好是午饭时间，李银江端着饭走进陈广英老人的房间，特地提高了嗓门：“陈奶奶，吃饭喽，今天中午烧了鱼和鸡肉，还有千张结，都是你爱吃的。这几天天气暖和，午休起来，给你洗洗头，清爽清爽。”老人看到李银江，起身一把抱住他激动地说：“银江啊，你去哪里了？我一天看不到你就心慌。”

## 秉持“六心”践行“初心”

李银江秉持着“六心”服务工作方法，践行当个好人的初心，践行一个共产党员的誓言。

恒心：本意指持之以恒的毅力，常存的善心。《孟子·梁惠王上》载：“苟无恒心，放辟邪侈，无不为已。”李银江的恒心服务，即是坚持一个好习惯，走村入户寻民情。

持心：谓处事所抱的态度。《后汉书·韦彪传》载：“忠孝之人，持心近厚；锻炼之吏，持心近薄。”李银江的持心服务，即是记录两件“好宝贝”——民情联系卡、民情日记本。

正心：谓使人心归向于正。语出《礼记·大学》：“欲修其身者，先正其心；欲正其心者，先诚其意。”李银江的正心服务，即是秉持三条做人底线，不为情所扰、不为权所累、不为钱所惑。

本心：指原来的心愿，旧指天生的善性、天良。语出《孟子·告子上》：“乡为身死而不受，今

李银江的“六心”服务

为宫室之美为之……此之谓失其本心。”李银江的本心服务，即是做好四项服务，扶贫帮困、排忧解难、牵线搭桥、矛盾化解。

耐心：心里不急躁，不厌烦。见于《朱子语类》卷十一：“如前途等待一人，未来时，且须耐心等待。”李银江的赤心服务，即是用心五点工作秘诀，布置工作细一点、落实工作实一点、执行政策严一点、走访群众勤一点、接待群众亲一点。

德心：仁德之心。语出《诗·鲁颂·泮水》：“济济多士，克广德心。”朱熹《诗集传》载：“德心，善意也。”李银江的德心服务，即是恪守六大庄重承诺，肩上能扛事、脚下不歇力、心中有百姓、手里有招子、遇事不回避、办事讲公道。

2017 年 3 月，李银江到了退休年龄，组织上找李银江谈话，他表示：服从组织安排，可是老人离不开他，他也离不开老人。经组织上同意，李银江继续任桂五镇敬老院院长，但他坚持不拿一分钱工资。为了方便照顾老人，他就和妻子一起把家搬到敬老院，李银江是专职敬老院院长，他的妻子韩素珍从敬老院成立那天起，就来义务帮忙，现在从兼职变成了全职。不仅没有工资，还和老人们同吃同住在一起，每年交伙食费。韩素珍说：“我有时候心里很气，在这里劳碌一天，吃饭还要交钱。老李就跟我说：‘你交点生活费，你在这里就是帮助我，照顾我，我心里踏实，我的工资足够老两口用的，儿子他们也都有工资，也不用我们操心。’他经常这样劝我，我就待下来了。”这期间，有好几个开养老院的老板来找李银江，每个月给他两万元的工

资，他都拒绝了。作为一名民政工作者，李银江最大的心愿就是让生活有困难的老人安度晚年。

2017 年，李银江当选党的十九大代表，他说：“会上我就一直在想，如何能发挥好党代表的作用？如何倡导全社会重视养老事业？如何引领人们关心老人、关爱老人、孝敬老人，传承中华美德？”

2018 年，桂五镇敬老院新建、扩展了 3 个党员服务阵地——成立“桂五镇养老党支部”，建成“桂五镇党性教育馆”和“书记（党代表）工作室”，以敬老院为平台开展党性教育活动，让党建统领敬老院发展。至今，已有 4000 多名党员干部走进敬老院党性教育馆上党课，进实景课堂学习，省内外还有 1000 多人前来观摩过。桂五镇敬老院已渐渐成为周边市县党员党性教育的新高地。敬老院 91 岁的杨兆春爷爷受此感染，已经 2 次提交入党申请书。他说：“我们全家人都是党员，我又在敬老院生活得这么幸福，不能落伍，必须入党。”

2018 年 12 月，淮安市委书记向省委述职时，在介绍基层党建方面，首先就说到桂五镇敬老院的党性教育馆。2019 年春节前，李银江应邀参加江苏省委团拜会，省委书记娄勤俭拉着李银江的手说：“听说你把党建工作也做得非常好！”这是对桂五镇敬老院工作的肯定。

李银江说：“30 多年来，最大的感触就是，我

党性教育馆

李银江与参加党性教育的学员们交流

们基层干部，离老百姓最近，直接服务老百姓。群众的眼睛是雪亮的，你的一言一行、一举一动都会被群众看在眼里。你表现好，群众就会说你好，也就会认为共产党好，社会主义好；你如果表现不好，群众不但会对你有意见，也会对党和政府有意见。”“民政工作关系民生，连着民心。”“民心就是最大的政治，民政工作就是为党争取民心、巩固党的执政基础的重要工作。而我们所做的，不就是这项工作吗？人人都要老，家家有老人，只要守住了老人们的心，就守住了这个家庭的心，只要老人感到生活幸福，全社会就会感到温暖。总书记要求我们‘聚焦脱贫攻坚，聚焦特殊群体，聚焦群众关切’。农村老人最关注、最迫切需要的是什么？就是有个温暖的家，吃得饱、穿得暖、有房住，有人说话、有人关心、有人陪护。”说起来，这些都是很具体的小事，但这些小事就是老人生活中的大事。李银江说：“在我有生之年，能为老人服务一天，我就服务一天，用行动传播‘孺子牛’精神，兢兢业业为老人做事，把老人的利益装在心里，不忘初心，不负总书记嘱托，不负新时代‘孺子牛’称号。”

## 人物档案

王强，江苏盐城人，1970 年 9 月出生，2012 年 9 月病逝。

王强生前是盐城师范学院教授，曾任经济法政学院副院长、思想政治理论教研部副主任。他一直致力于马克思主义理论的教学和研究工作，多次获得学校青年教师会讲比赛一等奖、二等奖，并获得学校首届优秀教学质量奖；主持国家社科基金项目 1 项，完成教育部人文社科项目 1 项，出版专著 1 部，在《中共党史研究》《党的文献》等 CSSCI 和核心期刊上发表论文 30 余篇，其专著《中国共产党“劳资两利”政策研究》获得江苏省第十二届哲学社会科学优秀成果一等奖。他多次获得学校优秀共产党员、先进工作者、“三育人”先进个人等荣誉称号，被评为学校第二届师德模范，2012 年 6 月被中共江苏省委教育工委表彰为省高校优秀共产党员。

# 用生命守望马克思主义阵地

## ——“70后”教授王强的人生追求

### 使命超越生命

执教20年，他被学生称为“人生的引路人”。身患癌症后，他一如既往地潜心科研，甚至比以前更加勤奋。他是江苏省盐城师范学院经济法政学院

王强

教授王强。他把毕生精力奉献给了马克思主义理论研究与教学，让短暂的生命燃烧出耀眼的光芒。

生于20世纪70年代，成长在改革开放的浪潮中，时代在王强心中播下了马克思主义信仰的种子。他选择扎根苏北，执起教鞭，承担起全校10多个院系、100多个班级的教学任务。

王强是马克思主义的忠诚传播者。他坚持“上好每节课，让每节课都有品味”，让马克思主义理论在青年学生中生根、发芽。他是最受欢迎的思想政治理论课教师，不仅在学习和生活上关心学生，更在思想和理想信念上给予学生真诚的帮助。谈及恩师，学生们常常热泪盈眶。

王强是马克思主义的执着求索者和坚定践行者。他的研究充满了一个知识分子对民生疾苦的关切，体现了一个青年马克思主义者的社会担当。他拖着病躯，坚持帮助同事修改论文和专著。他把病房变成了书房，在病榻上指导论文，在治疗中完成书稿，将探索坚持到生命的最后一刻。他的使命，早已超越了生命。

在王强身上，我们看到了一名优秀共产党员的崇高思想境界和道德情操，看到了当代青年教师的精神风貌和高尚师德，看到了一名理论工作者对马克思主义的坚定信仰和不懈追求。

“士不可以不弘毅，任重而道远。”在培育和践行社会主义核心价值观的今天，我们向王强同志学习，就是要始终坚定中国特色社会主义的道路自信、理论自信、制度自信，在各自的岗位上发光发热，不断前进，为实现中华民族伟大复兴的中国梦而努力奋斗。

“我希望你替我研究下去，我这儿的资料你用吧。”这是他临终前发出的一则短信。

“贾老师，我还想写本书。如果我能活下去，我希望我们能合作；如果活不成，我希望你替我研究下去。”

这是他临终前发出的另一则短信。遗言里提到的“贾老师”，是盐城师范学院老师贾后明。看到短信，贾后明泣不成声。

王强病逝时，只有42岁，与病魔苦苦抗争4年，把工作延续到了生命的最后一刻。

病榻上的王强常说：“我深深热爱着我们的党、我的研究方向，我现在还有时间，对我们学科建设还可以思考，我的知识不能带到棺材里去，得让它们传承和发展。人的生命是有限的，我要用活着的每一天努力工作。”

他的著作——《中国共产党“劳资两利”政策研究》荣获江苏省第十二届哲学社会科学优秀成果一等奖。

他的妻子孙卫芳抚摸着这本沉甸甸的书，难掩

悲伤："王强走得太仓促了，所以整本书有些粗糙。如果老天能再多给王强哪怕是10天时间，这本书还会更精彩。"

王强，这位"70后"教授，用生命守望马克思主义阵地，诠释了一名共产党人追求真理、忠于党的教育事业的坚守。

光明日报

2012年10月29日 星期一 农历壬辰年九月十五 今日16版

光明网网址:http://www.gmw.cn 国内统一刊号CN 11-0026 第22917号(代号1-16)

# 十八大新闻中心11月1日起对外接待服务

新华社北京10月28日电 记者从有关方面获悉,中国共产党第十八次全国代表大会新闻中心将从11月1日开始对外接待服务。十八大新闻中心设在北京梅地亚宾馆。新闻中心将热情为前来采访十八大的香港特别行政区、澳门特别行政区、台湾地区的记者和外国记者办理采访证件,受理采访申请,安排记者参加大会采访活动,并为记者采访报道提供便利的信息服务和必要的技术保障。

新闻中心境内记者接待处的联系电话是:68521200、68521300,传真电话:68521400、68521500;港澳台记者接待处的联系电话是:68520600、68520700,传真电话:68583900、68584300;外国记者接待处的联系电话是:68520200、68520300,传真电话:68576400、68576500。

# 用生命守望马克思主义阵地

## ——"七〇后"教授王强的人生追求

本报记者 郑晋鸣

二〇〇九年八月六日,第一次化疗后,王强依然坚持在书房继续撰写《中国共产党"劳资两利"政策研究》。 资料图片

"我希望你替我研究下去,我这儿的资料你用吧。"

这是他临终前发出的一封短信。

"贾老师,我还想写本书,如果我能活下去,我希望我们能合作,如果活不成,我希望你替我研究下去。"

这是他临终前发出的另一封短信。

留下这短信遗言的是王强,江苏省盐城师范学院经济法政学院教授。生前,他的主要研究方向是中共党史和马克思主义中国化理论。遗言里提到的"贾老师",是盐城师范学院老师贾后明。看到短信,贾后明泣不成声。

王强病逝时,只有42岁,与病魔苦苦抗争4年,把工作延续到了生命的最后一刻。

病榻上的王强常说:"我深爱着我们的党,我的研究方向,我现在还有时间,对我们学科建设还可以思考,我的知识不能带到棺材里去,得让它们传承和发展。人的生命是有限的,我要用活着的每一天努力工作。"

就在前不久,他的著作——《中国共产党"劳资两利"政策研究》获江苏省第十二届哲学社会科学优秀成果一等奖。

他的妻子孙卫芳抚摸着这本沉甸甸的书,难掩悲伤:"王强走得太仓促了,所以整本书有些粗糙,如果老天能再多给王强哪怕是10天时间,这本书还会更精彩。"

王强,这位"70后"教授,用生命守望马克思主义阵地,诠释了一名共产党人追求真理、忠于党的教育事业的坚守。

### 一对对爱情和事业忠贞不渝的夫妻

翻开《中国共产党"劳资两利"政策研究》的后记,一行细腻的文字浮现在读者眼前:"我要特别感谢我的爱妻孙卫芳一年来为我奔走求医和精心照顾,并直接参与课题研究,与我合作撰写了部分章节的初稿。"

这个从与记者见面开始,就克制着自己的感情,和大家安静交谈的女子,就是王强的爱人孙卫芳。

"我们是徐师大90级的同班同学。"孙卫芳说这话时,神情像恢了所有提及学生时代美好爱情便会显露微笑的姑娘,"见他第一面,觉得踏实。"共同的人生理想让两个年轻人走到了一起。

1992年大学毕业,当王强选择在高等教育相对落后的苏北执起教鞭时,孙卫芳毅然放弃家乡已安排好的优越工作,毅然随他来到盐城。人生地不熟,白手共起家。20年的风风雨雨,夫妻俩相濡以沫不言苦和累,更是双双把青春托付给了教育事业。平日下班后的时光,夫妻俩大都是窝在书房看书。家中的书房,目所能及之处皆是中共党史、马克思主义理论的相关书籍,成百上千本,整整齐齐地摆放着。

品茗论道览群书,心有神器济天下。王强喜欢喝普茶,端坐在书房,潜心思考和研究,常常是物我两忘。

但是,这样的日子不幸被打断。2008年11月,王强被确诊患有恶性肿瘤。

孙卫芳痛苦不堪,但她知道:只要他不倒,自己就不能倒!

漫长的住院生活代替了原本温暖的家庭时光。为了完成丈夫编写《中国共产党"劳资两利"政策研究》的心愿,孙卫芳索性把电脑搬到病房,一边照顾爱人,一边把他更新的手稿输进电脑。

所有来看望的人都吃惊于这张特殊的病床,看不到过多的生活用具和食品,几乎所有空间都让纸张、笔、电脑占据了。

身体状况稍微好些时,王强便会要求妻子送他去学校,指导学生论文。

王强头发脱落。一起生活了这么多年,妻子深知他十分注重自己的形象,总是跑遍大街小巷为他买回来各式各样的帽子。

一天,已经不能发声的王强吃力地在手机上按下"笔",孙卫芳把笔递到丈夫的右手边,却发现他的手不听使唤地拼命往左伸,她把笔塞在丈夫手里,转头跑出病房。这个坚强的女人再也无法控制内心的伤感,失声痛哭。

她明白,丈夫的癌细胞又扩散了。

那天夜里,躺在病床上的王强浑身插满管子,难受得死命咬住嘴唇。孙卫芳握着丈夫瘦骨嶙峋的手轻轻哼起大学时代俩人常听的歌。这个大男人哽咽着,眼角渗出泪水,湿热的泪珠滚落在孙卫芳的手掌上。 (下转4版)

迎接十八大 时代先锋②

# 万里征程万里情

## ——全国各地干部群众来信期盼十八大召开

本报记者 罗旭

今年以来,一封封关注党的十八大的信件从祖国四面八方飞向国家信访局。字里行间言辞恳切,热情洋溢。人民群众以自己的切身感受和满腔热忱,盛赞党的十六大以来我国各项事业取得的辉煌成就,期盼党的十八大胜利召开并积极建言献策。

### "好事连着好事的十年"

"过去10年里,好事连着好事。"河北省保定市灵雨寺村的老人李连生来信说:"在我们村里,男到60周岁,女到55周岁,都办理了养老保险及医疗保险。平时节日给过节费还不算,村里还给62周岁以上的老人每月补助生活费,年终大家还有股份分红。"

党的十六大以来,党中央坚持民生优先,把保障和改善民生作为一切工作的出发点和落脚点,中国百姓的日子越过越红火。安徽省怀宁县的段其中来信说,中央领导同志夜以继日地忘我工作,带领全国人民实施西部大开发,推进中部崛起,振兴东北老工业基地,大力发展教育和卫生事业,进行棚户区改造和保障房建设,全心全意为群众谋福祉,我们真心实意地表示感谢。

中国经济发展连上新台阶,农村民生得到明显改善。山东省梁山县付村镇朱杭村的朱广珍来信说,党中央高度重视农业发展,粮食连年增收,农村发生了翻天覆地的变化,农民心里乐开了花。

新疆维吾尔自治区尉犁县喀里木乡英努尔村村民阿里甫·克尤木在来信中表示:"党中央高度重视新疆经济社会发展、社会长治久安和各族人民的生产生活。新疆各族人民深切体会到了党的温暖,感谢党的好领导!"

### "只有中国才能发生的奇迹"

党的十六大以来的10年,中国经济面临的困难一波接一波,从国内非典、雨雪冰冻灾害、汶川特大地震等自然灾害,到美国次贷危机引发的国际金融危机……每一个波澜都惊心动魄,每一次考验堪称严峻非凡。

安徽省宣城市青弋江管理处退休干部陈选民来信说,在汶川地震、玉树泥石流等特大地质灾害中,党中央运筹帷幄、指挥有力,不仅最大程度地减少了灾害的损失,并在较短的时间内取得了重建家园的全面胜利,只有在中国共产党的领导下才能发生这样的奇迹。

重庆市委党校的黄中力来信说,近3年,他两次自费去欧洲考察,在相互比较中深切感到,中国之所以能够经受住全球金融危机和欧洲债务危机等严峻局势的考验,关键在于以胡锦涛同志为总书记的中央领导集体正确领导、英明决策,充分体现了中央领导集体应对国际国内复杂问题的能力。

在一系列重大挑战之下,中国经济经历了过冷和过热、通胀和通缩的考验,国内生产总值从10年前首次突破10万亿元大关,冲到了2011年的47.2万亿元。在世界经济的排位,从2002年的第6位,上升到2010年的第2位。云南省昆明市市民郑国恩来信说,面对复杂的国内外环境,党中央适时合理调整经济结构,保证了经济科学平稳发展,使我国成为带动全球经济增长的主要引擎,向世界展现了中国模式。 (下转4版)

喜迎十八大 百姓期盼⑩

# 让农民种出的菜质好价优

■ 河北徐水高林村镇鹅鹅店村党支部书记 刘军峰

我的家乡位于著名的"华北西红柿之乡"——河北省徐水县高林村镇。全镇西红柿年产量近5亿斤,是华北地区著名的"西红柿篮子"。在喜迎党的十八大召开的时刻,全村老少想得最多、说得最多的就是这"西红柿篮子",我们为它喜,也为它忧。

近30年来,我们的大棚西红柿每亩平均收益比露天蔬菜高2.6倍,但近两年我村西红柿产业却出现滑坡。原因主要有4个:一是棚室结构需要升级换代;二是管理繁杂,劳动者身体损害严重;三是品种更新慢;四是小面积种植收入比不上外出打工。"西红柿篮子"也面临转变发展方式问题。目前,我们已成立大棚种植产业合作社,提供信息、技术、组织采购、销售,乡亲们种植积极性大增。希望加大科技兴农政策力度,加大名优农产品推介力度,让农民种出的菜品质更好、菜价更好、心情更好。 (本报记者 董山峰采访整理)

# 党员队伍建设取得显著成效

本报讯(记者韩寒)党的十七大以来,各级党组织按照中央统一部署,以改革创新精神推进党员队伍建设,发展党员质量不断提高,党员队伍结构不断优化,整体素质不断提升。来自中央组织部的数据显示,5年来全国共发展党员1322.8万名,党员总数至2012年6月达8342.7万名。与此同时,党员的先进性进一步得到彰显:在2011年组织工作满意度民意调查中,对所接触党员发挥作用的评价分值为80.67分,比上年提高2.09分。

(今日15版《光明调查》刊出"加强党的基层组织建设"系列调研报告之十——《不断增强党员队伍的生机活力——关于党的十七大以来党员队伍建设情况的调研报告》)

# 亚洲最大射电望远镜启用

本报北京10月28日电(通讯员李晓辉 记者郑宇雄)今天,由中国电子科技集团公司自主研制的亚洲最大可全动射电望远镜由中国科学院上海天文台正式启用。这台望远镜可观测到100亿光年以外天体,将投入执行我国探月工程及未来火星探测等深空探测任务,用于射电天文观测领域重大科学研究。这将进一步提升我国深空测定轨能力。这台由中科院、上海市政府等共同出资铸造的射电望远镜口径达65米,重达2700吨。在同类型的射电天文望远镜中总体性能位列全球第四、亚洲第一。

压题照片:射电望远镜。 本报通讯员 李晓辉摄

# 菊香宋韵 文化开封

本报记者 刘先琴 本报通讯员 常钦

160万盆各色菊花的精心点缀,穿越千年的清明上河园水上实景演出,菊香宋韵洋溢在古城河南开封。

菊花年年扮靓开封。近日,开封迎来第30届菊花盛会,与往年不同的是,沿袭29年的菊花花会,更名为"中国开封菊花文化节"。这不是简单的名称改变,其蕴含着开封在文化传承创新发展中的新思路:以菊为媒,彰显文化活力。

"开封凭借丰厚的文化积淀和文化自信,正自觉地把文化优势转化为发展优势,通过发挥文化的能动性,反作用于经济建设中心,不仅带动经济的快速发展,还促进文化理念、文化业态发生深刻变化,文化活力正被激发出来。"开封市委书记祁金立的观点表现在具体措施中:

一年12个月,月月文化活动不断:开封龙文化周、中国(朱仙镇)木版年画艺术文化节、中国(开封)清明文化节、中国开封书法文化周、中国开封荷花文化节、中国开封成语典故文化周……同时,开封市委、市政府近年来提出把开封建设成国际文化旅游名城,把文化资源挖掘出来,变成文化产品,形成文化产业,使文化产业成为开封快速发展的新引擎,以大宋文化为特色,以"一城两环八区"的古城规划为蓝本,着力把开封打造成"全城一景、宋韵彰显、外在古典、内在时尚"的国际文化旅游名城。

# 安徽"创新特区"的活力之源

本报记者 李陈续

科学发展 成就辉煌
迎接十八大 走基层 看十年②

国内唯一具有自主知识产权的非晶硅薄膜太阳能电池生产线……一大批国内乃至国际领先的"中国智造"诞生于此。

高新技术企业数三年翻一番、专利授权量三年翻三番……一个个令人振奋的创新转型业绩诞生于此。

这里,就是由安徽合肥、芜湖、蚌埠三座城市组成的被简称为"合芜蚌"的自主创新综合配套改革试验区。近日,记者走进这个"创新特区",感受自主创新的无穷魅力,探寻科学发展的活力之源。

### 大院大所唱主角

10月24日上午,合肥高新区里,安徽省与中科院合作、合肥市与中国科大共建的先进技术研究院正式揭牌。这个瞄准具有国际影响的高层次人才聚集中心、高科技产业孵化中心和成果研发转化基地的研究院,一成立就与微软、阿里巴巴、中国移动等企业达成共建联合研发中心、实验室的合作意向。

"大院大所是自主创新的主角。"合肥市副市长吴春梅所说的院所,既包括国家在皖的科研机构,也包括部属省属高校。

"这个一摇就像豆浆,这个却像豆腐。"安徽帝元生物科技有限公司总经理王永国用两个试管——一个溶液里装着普通肥料,另一个是控肥宝。控肥宝是中科院离子束生物工程重点实验室的科研成果,这项可提高氮素利用率6%—13%,地表径流氮、磷损失减少47.8%,渗漏损失减少50%的世界领先技术,很快进入合肥国家大学科技园孵化,已应用在24个省区的土地上。

"我们重点服务合芜蚌重大产业与关键技术需求。"中科院合肥物质科学研究院院地合作处处长王容川介绍,试验区运行3年来,研究院在合芜蚌区域合作项目为当地创造了79.2亿元的销售收入和12.9亿元的利税。

### 高新企业是主体

"我们能够形成全产业链自主创新能力,得益于始终坚持平均每年将销售收入的7%以上用于研发。"奇瑞汽车股份有限公司总经理助理金弋波有自己的体会。

"我们已经实现了4个80%以上。"芜湖市委常委、副市长冯克金告诉记者,通过不断完善以企业为主体、市场为导向、产学研结合的区域创新体系,芜湖做到了84%的科研机构在企业,83%的科技活动人员在企业,82%以上的研发投入来源于企业,85%的科技项目由企业主体承担,81%的科技成果出自企业。 (下转4版)

(更多报道详见9版"迎接十八大特刊")



本报地址:北京市东城区珠市口东大街5号 邮政编码:100062 电话查号台:010-67078111 读者服务热线电话:010-67078442 67078427 广告部电话:010-67078217 定价每月24.00元 零售每份0.80元 京崇工商广字第0060号

## 对事业和爱情忠贞不渝的夫妻

翻开《中国共产党“劳资两利”政策研究》的后记，一行细腻的文字浮现在读者眼前：“我要特别感谢我的爱妻孙卫芳，一年来为我奔走求医和精心照顾，并直接参与课题研究，与我合作撰写了部分章节的初稿。”

这个从与记者见面开始，就克制着自己的感情，和大家安静交谈的女子，就是王强的爱人孙卫芳。

“我们是师大‘88级’的同班同学。”孙卫芳说这话时，神情像极了所有提及学生时代美好爱情便会甜蜜微笑的姑娘，“见他第一面，觉得踏实。”共同的人生理想让两个年轻人走到了一起。

1992年大学毕业，当王强选择在高等教育相对落后的苏北执起教鞭时，孙卫芳果断放弃家乡已安排好的优越工作，毅然随他来到盐城。人生地不熟，白手共起家。20年的风风雨雨，夫妻俩相濡以沫不言苦和累，更是双双把青春托付给了教育事业。平日下班后的时光，夫妻俩大都是窝在书房看书。家中的书房，目所能及之处皆是中共党史、马克思主义理论的相关书籍，成百上千本，整整齐齐地摆放着。

品茗论道览群书，心有神器济天下。王强喜欢喝着茶，端坐在书房，潜心思考和研究，常常是物我两忘。

但是，这样的日子不幸被打断。2008 年 11 月，王强被确诊患有恶性肿瘤。

孙卫芳痛苦不堪，但她知道：只要他不倒，自己就不能倒！

漫长的病房生活代替了原本温暖的家庭时光。为了完成丈夫编写《中国共产党“劳资两利”政策研究》的心愿，孙卫芳索性把电脑搬到病房，一边照顾爱人，一边把他更新的手稿输进电脑。

所有来看望的人都吃惊于这张特殊的病床，看不到过多的生活用具和食品，几乎所有空间都让纸张、笔、电脑占据了。身体状况稍微好些时，王强便会要求妻子送他去学校，指导学生论文。

王强头发脱落。一起生活了这么多年，妻子深知他十分注意自己的形象，跑遍大街小巷为他买回来各式各样的帽子。

一天，已经不能发声的王强吃力地在手机上按下“笔”，孙卫芳把笔递到丈夫的右手边，却发现他的手不听使唤地拼命往左伸，她把笔塞在丈夫手里，转头奔出病房。这个坚强的女人再也无法控制内心的伤痛，失声痛哭。她明白，丈夫的癌细胞又扩散了。

那天夜里，躺在病榻上的王强浑身插满管子，难受得死命咬住嘴唇。孙卫芳握着丈夫瘦骨嶙峋的手轻轻哼起大学时代两人常听的歌。这个大男人哽咽着，眼角渗出泪水，湿热的泪珠滚落在孙卫芳的手掌上。

从那以后，孙卫芳不分昼夜地扑在《中国共产党“劳资两利”政策研究》上，她坐在爱人的病床前，一遍遍梳理他的手稿，一心念想着出版之日尽快

2009 年第一阶段化疗后在书房看书

到来。

凭着这份对学术和教育事业的忠诚和执着，终于，2010 年 8 月，《中国共产党“劳资两利”政策研究》出版了。

这本倾注了这对夫妻心血和生命的书，不仅丰富和完善了马克思主义劳资关系理论发展史，系统地勾勒出了马克思劳资关系理论中国化的发展脉络，而且拓宽和深化了中国共产党新民主主义社会理论的研究范围。

这本书通过对中国共产党历史上“劳资两利”政策的研究，展示了从和谐劳资关系角度增强构建和谐社会的历史厚重感和紧迫感，为解决当前私营企业的劳资纠纷与劳资冲突提供有益借鉴，对于协调各种利益关系，充分调动各阶级、各阶层群众的积极性，共同建设社会主义和谐社会，具有一定的推动和促进作用。

正是其丰赡的理论价值和现实的实践价值，赢得了专家学者的充分肯定，顺利获得江苏省第十二届哲学社会科学优秀成果一等奖。

记者去采访时，孙卫芳手捧着这本沉甸甸的书，提及那段时光，反复叹息：“时间实在是太短了，如果能再多点时间，我们可以把这本书再仔细校对一下，内容会更精确。”

## 满腔对教育事业的“傻劲”与“钻劲”

仇春斌是王强的第一批学生中的一个，他至今记得第一次给自己讲课时的王强，面对讲台下的学生和听课教师，紧张得满头大汗。

然而，就是这个起初上课会紧张的小伙子，从站上讲台的那一刻起，就把学生当成了自己的孩子。

班里很多苏南的学生初入大学时吃不惯盐城的饭菜，王强便领着他们到自己家中，亲自下厨开伙一周，帮助他们调整饮食；1996 年，王强的儿子一出生，他便兴奋地半夜骑着自行车去学生宿舍给班里的孩子们送糖；晚上，总能看到坐在教室最后一排的王老师和班里的学生一同上自习课；越是贫困的孩子，他越是疼爱，冬日里送去自己的棉衣，周末时备上一桌饭菜，即便学生毕业了，他依旧通过网络热情地指导学生写论文，询问他们的近况。

学生总说：“人生遇王强老师，足矣！能上王老师的课，简直是上辈子修来的福分。”

王强教的是公共政治理论课，他认为，这门课不仅是传授知识，更要教学生做人的道理，因此老师对学生要像父亲对孩子一样掏心掏肺。“本是一门看似枯燥的课，我要让学生知道它的价值。”在家里，王强总是认真地做好备课笔记，一遍遍地念到自己满意才停下；睡觉的时候，他的身体躺下了，可脑子仍在思考问题，一有灵感便立即起身，抓起小纸条就记下……王强上课风格独特，深入浅出，激情洋溢，智慧风趣，让他总能在各类教学竞赛和评比中崭露头角。

为激发学生的学习兴趣，将公共政治理论课程的精髓渗透到学生内心，王强花了很多心思。大家都说王强老师的课堂板书，像是一篇结构严谨的学术论文，从标题的设定到要点的语言组织，对仗工整，读起来十分流畅。在很多人的印象中，只有小学老师才会给自己每次的作业加上批注，王强却一直在坚持。

而在同事们眼里，王强“傻”得让人敬佩。

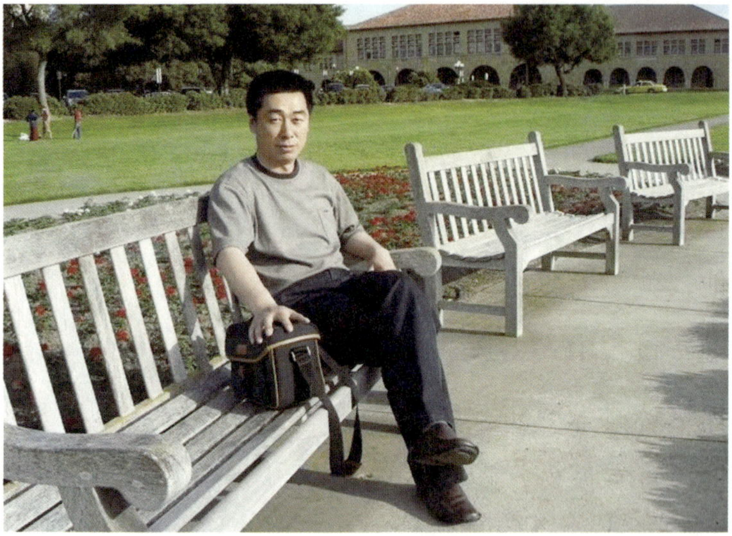

他常说："我们的学科，得要有一批人，才能迅速成长起来。"团队强大、满园芬芳，是他更大的期盼。同事向他寻求帮助时，他从不推辞。

经济法政学院教师王志国请王强帮忙修改自己的博士论文。当王志国第二天打开电脑时，惊呆了：1点、2点、3点，邮箱里静静地躺着三封修改稿。"1点多，他把修改好的稿件发给了我；2点多，他竟没有睡，脑子里有了新的闪光点，便又爬起来给我发邮件；再后来，是3点多……"每提及此事，王志国都十分感动。

2008年，学院申报"马克思主义中国化研究"

这一省重点建设学科，当时学科组负责人并不是王强，但是组里的任何一位老师都无法否认：“没有他，就没有这一学科的成功批复！”在申报材料的准备过程中，王强细心至极，他总是将自己负责的板块认真完成后，琢磨整体的进度，一遍遍分析论证，查看材料，提出建设性意见。在王强的带领下，2008 年 10 月，盐城师范学院“马克思主义中国化研究”获批江苏省重点学科；而王强也获得了教育部人文社会科学基金和国家哲学社会科学基金的项目资助，实现了学校同类项目申报立项零的突破。

一天中午，潜伏已久的病魔悄悄发起了攻击。当时，同事们等他一起接待专家，左等右等，怎么也等不来。终于，王强出现了，依旧笑容灿烂。同事问怎么回事，他只轻描淡写：“刚才出血不止，现在不怎么出了。没事！”

日历一张张翻过，省重点建设学科被正式批复成立的同时，病魔也在一点一点地侵蚀着王强的身体。在大家的反复催促下，直到 11 月份，王强才

2008年参加第19次全国高等师范院校政法学院（系）院长（主任）联席会议

去医院做了检查，最终，确诊为恶性肿瘤。

一个人的生命最无法承受的便是天灾人祸，当病痛如恶魔般吞噬和折磨着他，便是断绝了他所有生的希望。而在那一刻，王强一心想着的竟还是刚刚成立的学科。申报成功了，怎么去建设？怎么去规划？这些问题他在心里反反复复地思考着。他拒绝学院送他去省医院治疗的好意，“重点建设学科刚刚批下来，各项工作任务很重，我走不开”。

当初的这门二级学科已发展到如今的一级学科——“马克思主义理论”，而这四年，也是王强与病魔顽强斗争的四年，更是他不顾病痛折磨参与学科建设的四年。

王强风格独特、钻研深刻、成果丰富，多家单位想挖他，他却从未动心。2010 年，中央编译局的专家来校交流，他们对王强的研究方向和独特的思考很感兴趣，想调他去北京。但王强婉言拒绝：“我就在这儿教书搞研究，不走！”经济法政学院院长刘德林至今都记得王强曾经的倔强。

2011 年 10 月 16 日，王强第一次病危。学院党委书记成长春教授立刻赶往医院，处于半昏迷状态的王强用微弱的声音断断续续对他说的第一句话让在场的所有人都掉了泪：“我现在还有时间，对我们学科建设还可以思考，科研必须围绕国家的课题来开展工作……”

在生命弱如游丝的时刻，需要多么深厚的情感，多么执着的心志，才能让一个人做出这样的举动。而在坚强地度过了危险期，稍稍恢复后，王强又迫不及待地投身到此前由自己主持的国家级社科项目研究中。

## 魂牵梦萦的追求是马克思主义大众化

王强的主要研究方向是中共党史和马克思主义中国化理论，他认为，这些理论不能仅满足于小范围的讲授，更要努力实现大范围传播。马克思主义大众化是他魂牵梦萦的追求。

化疗使他心力交瘁，可他说：“要是能上课我就上课，身体实在坚持不了，把研究的事交给我，动动脑筋还是可以的。”

自2008年住院以来，他以惊人的毅力在《中共党史研究》《党的文献》等专业权威期刊上发表论文17篇，在中文核心期刊上发表论文9篇，完成著作《中国共产党“劳资两利”政策研究》。

“他从不图名利，就这样默默无闻地追求自己的理想，用一生致力于马克思主义大众化理论的学习和传播，逐步成长为马克思主义大众化理论的出色‘行者’与‘译者’。”成长春书记这样评价王强。

党的十七大召开后，学院成立了深入学习实践科学发展观大学生宣讲团，后来，为将党史、马克思主义理论等传播给更多的人，王强建议学院保留这支宣讲团。从 2009 年年初成立至今，宣讲团走遍 16 个二级学院、走进无数社区和机关单位。生病住院后的王强依然时刻关注着团队，每当看到学院网站上更新了团队动态，他都兴奋地给宣讲团的老师和学生送去鼓励和建议。

枯燥的理论怎样才能被群众掌握？对这个难题，王强有自己的答案："作为马克思主义大众化理论的传播者，切忌扮成'传声筒'。我们要沉下身去，学好'普通话'，说好'家常话'。"

宋敏老师至今都记得，那些日子，王强带着大家收集鲜活的案例、制作精致严谨的PPT，一遍遍修改学生的讲稿。为了让理论通俗易懂，王强还练就了一身基本功：与农民，他会唠种田补贴、邻里关系；与工人聊薪酬待遇、医疗保险；与干部说党建惠民、廉政建设……也正是撷取了这些点点滴滴，王强才能时时迸发出思想的火花。

学科组高汝伟老师常去医院与王强探讨工作，也因此，两人成为至交。高汝伟说："每次我到医院，他期待的眼神和激动的神情，总让我忘了疲惫，浑身充满力量，面对他，我没有理由松懈。"

一次交流中，高老师无意中说到研究工作缺乏诸多材料，他万万没想到，因长期住院治疗而生活拮据的王强，自掏腰包，偷偷买了很多有关马克思主义大众化的书籍送给学科组。

2008年，7个学生；2009年，7个学生；2010年，7个学生；2011年，7个学生……病榻上的四年，王强的马克思主义教学生涯从未停止。

2012年9月8日，王强结束了生命的旅程。“学科建设方面，有了好的选题要集中往上报。关键是围绕方向，要有积累，我的体会是越走越深。”9月10日，盐城师范学院博士生曹明在王强的追悼会上泣不成声，断断续续地念着9月4日王强给他发的短信，“要物色几个有实力的人才，继续研究下去”。

病榻上指导论文，治疗中完成书稿，这种超乎寻常的授课、立说，让师者的风范长久留存在学子的记忆深处，让学者的品格随着书香远播千里……

# 信仰之花永绽放

2014年4月，距离王强去世已经17个月。17个月前，一个青年马克思主义者的名字出现在我的视线。采访他的事迹，我受到意外的震撼，一次又一次心痛，一次又一次落泪。于是，我连夜写下长篇通讯《用生命守望马克思主义阵地——“70后”教授王强的人生追求》，发表在《光明日报》2012年10月29日头版头条。

17个月里，王强的事迹被人们口口相传。作为第一个报道他的记者，我跟随王强先进事迹报告团，走进江苏的机关、高校，做了10多场报告，向数万人讲述采访的前前后后。他的故事讲到哪里，泪水和力量就在哪里相伴而来。

17个月后，当我再次踏上这片熟悉的土地，追寻王强的足迹时，我发现，王强的名字依旧触动人们的心。在盐阜老区，在江苏大地，在社科界，我亲见亲闻了一个个比事迹本身更意味深长的场景和故事。

## 悲痛中前行的一家

“今天，我抑制万千悲痛，站在这里讲述你的先进事迹。我要告慰你：你的人生虽然已经谢幕，但你用生命和热血浇灌的马克思主义信仰之花，已经在我们的生命中绽放。”

2014 年 4 月 4 日，在盐城举行的“王强同志先进事迹报告会”上，孙卫芳再一次以妻子、以同行的身份，站在报告席上。那是一双让人不忍面对的眼睛，充满着血丝，红肿得厉害，长时间的伤痛和失眠使孙卫芳显得异常憔悴。

“矛盾和痛苦无时无刻不在缠绕我。作为妻子，我只想悄悄保留和王强的所有回忆；可作为同行，王强不该是我一个人的，他是大家的。”

2012 年 10 月，王强去世一个月，我带着他刚刚获得江苏省哲学社会科学一等奖的专著《中国共产党“劳资两利”政策研究》，第一次采访孙卫芳。她抚摸着书，就像抚摸着丈夫的脸庞：“如果能再给王强一个月，哪怕10天，这本书会更加完善。”那是一本凝聚着夫妻心血的书，在与病魔抗争的4年里，王强没有停止研究，孙卫芳在王强的病床前，一遍遍梳理着丈夫的手稿，共同完成著书立说的愿望。

一年多来，我多次和孙卫芳交流。当人们被王强的精神感染之时，孙卫芳超乎常人的坚强让我肃然起敬，我看到了一个和王强一样，对家庭负责、对党的教育事业无比忠贞、对真理执着求索的“70后”青年马克思主义者。“我要感谢很多人。”孙卫芳说，“特别是老父亲，在最艰难的时期，他给了我无限的力量。”

王强的老父亲是一名老党员，儿子去世后，看着孙卫芳如此痛苦、辛苦，老人抑制住白发人送黑发人的悲痛说：“我还有力气，家里的事可以帮忙照顾，你放心工作！”而17个月前的那次采访，面前的老人热泪纵横：“我的孩子一直是我的骄傲。”

2013年9月5日，离王强去世一周年只有短短

3天，老人突发心肌梗死，离开人世。饭桌上，留下一碗老人亲手为孙卫芳熬的热百合汤。后来，孙卫芳把百合汤放到冰箱里，直到坏了也舍不得扔。

接连送走两位亲人，孙卫芳觉得天都塌了。“我不愿意去承认，其实我是害怕，我想逃避。但我必须面对。”孙卫芳独自挑起家庭的重担，她最放心不下的，就是儿子昌昌。

昌昌的记忆里，是父亲宽厚的肩膀、健硕的手掌，背着、牵着他一同走过似水年华。

“爸爸，我也蛮喜欢历史的，你说将来我选文科好吗？”

“好啊！”病中的王强万分惊喜：儿子也对自己的党史研究产生了兴趣。

“要是学文，就顺着爸爸的研究走下去，爸爸这些资料你都能用得上！”

“你自己不是一直在用吗？为什么给我用？”父亲差点说漏嘴的一句话，让昌昌隐约感觉到，父亲的病并非像家人告诉他的那样简单。

那是2010年，望着病榻前脸色苍白的父亲，昌昌写下《走过》："爸爸，你我走过的日子已深深嵌入了我的成长历程，父爱已融入了我的生命中。离别只是一种常态，若命运真该如此，我相信有勇气独自走过未来的道路。"

2012年9月，死神真的来临了。

理科成绩突出的昌昌最终坚持选择了文科，孙卫芳清楚，懂事的儿子是想为父亲做点什么。

墓碑前，默念碑文：善询常聆，已成往昔，睹物思亲，能勿悲乎！虽勒石立碑，亦不敷旌表。唯先父之言传身教永铭吾心。昌昌轻声对母亲说："妈妈，我想一个人待一会儿。”“妈妈在外面等你。”一转身，泪水夺眶而出。

我说：“孩子懂事，是好事。”孙卫芳轻轻地摇了摇头：“他太懂事，我才更担心。”

17个月过去，一切就像是在眼前。从与王强道别，对这个家庭的考验频频降临。但是，信仰的力量、精神的力量，让一家人悲痛中前行至今。

## 暗香萦绕人心头

清明。这是我第二次来到王强墓前，青青小草已经长出。我和王强的亲人、师生一起，在墓前深深鞠躬，把一束束鲜花轻轻地放下。

“您的理论课，让浮躁不安的我们静静聆听，至理名言与现实接轨，使我们与信仰之神越走越近。”手抚墓碑，陈万宝念着写给恩师的诗，眼角挂满泪花。

1995年的盛夏，盐城师范学院的操场上，两个人顶着烈日站军姿、踢正步，他们是王强和陈万宝。“我开学来迟了，王老师就陪我把军训补上；我得了阑尾炎，王老师就把我背到医院，一切都恍若昨天。”陈万宝说。后来，陈万宝开了个律师事务所，按照王强的建议，他在事务所成立了党支部。他坚信，把党支部的作用发挥好，是对恩师的慰藉。

春风拂起，花香萦绕。盐城师范学院的校园里，一老一少沿着王强生前踏过的路，并肩而行。老者，名为左用章，年过六旬，南京师范大学教授，王强的硕士生导师；少者，名为柴静，正值花样年华，江苏大学硕士生，王强生前最后一届学生。

“以前，逢年过节，王强肯定会给我发信息问候，这一年多，当我再回味的时候，才发现一切都不在了。”左用章感慨。如今，两幅画面一直交替出现在左用章的梦境里：教室里，一个大个子总坐在第一排，认真地听讲，用心地记录——这是14年前，王强在南京师范大学求学时的场景；病房里，

满是书籍，那个大个子咬着嘴唇，在爱妻的陪伴下，写下自己的点滴思绪——这是两年前，王强在医院一边做化疗，一边做课题的场景。梦醒后，常常泪湿枕巾。左用章说："我了解我的学生，他对马克思主义的热爱是发自内心的，也正是这份真爱，让他对研究魂牵梦萦。我虽为师，但我要向我的学生学习。"

"在他的课堂上，我和他一样感受到马克思主义的魅力，辩证唯物主义令我着迷。”柴静的身上流露着一股对马克思主义的执着和热爱，她挺直腰板说，“我已经决定要继续攻读博士学位，想把研究做下去，做像王老师一样的人！”

落红不是无情物，化作春泥更护花。王志国，盐城师范学院年轻教师，他以王强为镜，反复告诫自己科研工作要戒除浮躁与功利；贾后明，王强的同事，他接过王强的接力棒，申报了国家级课题——马克思主义经济学中国化历程研究；王强生前倾注无数心血的“马克思主义中国化”江苏省重点建设学科研究团队，正不断壮大，去年又拿到了4个国家级项目，教授、博士也由8人增至20人，思想政治教育专业已经获批江苏省重点专业。

音乐学院学生陆士国是纪实情景诗画《信仰之光》里的一名舞蹈演员，他说：“有一束光，把王老师照亮，王老师也像一束光芒，温和而强大。对我们100多位同学来说，参与演出是一次心灵的洗礼。”经济法政学院刘雪晴同学是王强先进事迹宣讲团的一员，她告诉记者，自己正在准备思想政治教师编制的考试，希望将来自己的课堂能够和王老师的一样，具有巨大的吸引力。

## 未曾谋面似相识

从事新闻工作 30 年来，我采访报道过的英雄模范不胜枚举，他们身上都闪耀着暖人心怀的光芒。而在我写过的所有典型人物中，最让我震撼的就是王强。

作为王强事迹的报道者和宣讲团成员，在各地做报告一年来，每每动情之处，我总是哽咽难言，不免泪流满面。随着宣讲的继续和报告的深入，我对这位“70 后”年轻教师有了更多的认识。我无数次思索，究竟是什么让他能够在信仰的战场上，时刻保持在冲锋的状态？

我不得不说，王强是一个有血、有肉、有爱、有恨的平凡人，也是纯粹、顽强、执着的马克思主义者。他身上所折射出的人性光辉，如春雨般润泽心灵。

生于20世纪70年代，成长在改革开放的浪潮中，时代在王强心中播下了马克思主义信仰的种子，这颗种子生了根，发了芽，长成了树。他在病榻上指导论文，在治疗中完成书稿，将马克思主义大众化研究延续到了生命的最后一刻。

总有一些人感动心灵，总有一种精神震撼人心。王强的事迹被不断挖掘，走进了全国人民的心中，然而令我感到困惑的是，这样一位坚守马克思主义信仰的精神楷模，居然没有一段完整的影像资料。

寻访王强的师生及家人之后，我才明白“高调做事，低调做人”是王强一贯秉持的原则，他拒绝了任何能够拒绝的采访，也从不张扬自己获得的荣誉与成就。

“我深深热爱着我们的党、我的研究，我现在还有时间，对我们学科建设还可以思考，我的知识

不能带到棺材里去，得让它传承和发展。人的生命是有限的，我要用活着的每一天努力工作。”这是王强病重时曾说过的话，他用“板凳甘坐十年冷”的沉默与坚守，折射出一个时代的信仰与精神之光。

记者没有见过王强，一面都没有。

但数十次采访，内心却感觉无比亲近，仿佛与王强已有一世之缘，只恨此生不能见。

身为一个拿笔写字的记者，我和所有参与王强先进事迹宣传工作的人一样，唯一能做的就是讲述这些令人感喟的点点滴滴，让更多的人认识到王强的价值，也让更多的人在信仰的坚守和传承中，一天一天挺拔起来。

如此，无憾、无愧、无悔。

# “在我心里，生命之树常青”

## 孙卫芳写给已逝丈夫王强的第 167 封信

今天，我抑制万千悲痛，站在报告会的讲台上。你走之后，来采访的人络绎不绝……一遍一遍回忆。矛盾和痛苦无时无刻不在缠绕我。作为妻子，我只想悄悄保留和你的所有回忆；可作为同行，我知道，你不是我一个人的。

——摘自孙卫芳写给丈夫的信

第一个清明，窗外下雨了，一如我的心情。前天去看你，站在你的墓前，一遍遍地擦拭着你的照片，眼泪止不住往下流……你依然那样微笑地看着我，仿佛在说：“不要哭，要坚强，现在什么都要靠你。”

——摘自孙卫芳写给丈夫的信

用生命守望马克思主义阵地的“70后”教授王强逝世已近三年。夜深人静的时候，妻子孙卫芳就常常来到书房，坐在丈夫曾挑灯备课、著书写作的位子上，把想和丈夫说的话一字一字敲下来，再发到丈夫的邮箱。

她说，一次次与丈夫的心灵对白，支撑着她重拾生活的勇气。

200多天了，我一刻也没有停止过对你的思念。白天，我尽量把工作安排得满些，让自己累一点、没有时间去想你，阳光、笑脸、坚强，留给家人和同事。可是夜深人静时，我满脑子都是你。

我经常梦见你在医院最后一天的情形。“老婆，我要喝水……”说话时的你满眼歉疚，好像在说：“你看，我连喝水都要你帮我。”那日晚上，我坚持要和儿子送你去殡仪馆，我很清楚，这是我们一家三口最后一次在一起了，从此我们将天各一方。和儿子坐在车上，你静静地躺在我身后，我一遍遍地幻想着你能和往常一样，坐在我身边，和我聊学科、聊科研。

邮箱依然自动回复："邮件已收到，我会尽快给您回信。"孙卫芳知道，丈夫一定收到了。

昨天是端午节，一大早我就去看你了。风很大，墓园里只有我一个人，可能是前两天下雨的缘故，碑前很干净，照片上一点灰尘也没有。默默地看着你，一遍遍抚摸着你的脸，即使一句话都不说，你也能听懂我。还有四天就要高考了，儿子说还想像前两次一样，想让爸爸陪着他，送他进考场……回来时，天上飘起了毛毛雨，不知道是你的泪还是我的泪。我们一起为儿子祈福，加油！

昌昌考上大学了，今天是报到的日子，来来往往互送了几个来回，感觉到了儿子的不舍，但还是控制住眼泪把儿子劝走了。回到空荡荡的家，我的心也空落落的，坐在儿子的床边，不知道今晚如何度过？？？？？？？

在孙卫芳写给丈夫的信里，连续的“？”时常出现，无法抑制的思念、无穷无尽的困惑让孙卫芳常常这样询问丈夫。

昌昌已经开始新的生活，我也要以校为家，慢慢适应一个人的生活。有一件事我还没有告诉你，昌昌最后选择了审计学，是我鼓励他选择自己真正感兴趣的学科，我想你一定是支持他的。

在孙卫芳眼里，儿子越来越懂事了，但也因此才更加担心。

半学期过去了，昌儿在成长、进步，如愿考入了ACCA专业，顺利通过了英语四级考试，性格也比以前开朗了。这学期ACCA的课程将开设，压力和动力并存，你在天堂一定要为儿子祈福！

当人们为王强的精神所感染时，孙卫芳超乎常人的坚强也让身边的人肃然起敬。身为盐城工业职业技术学院副院长的她，坚持认真工作，用心爱护家庭。人们看到的是一个和王强一样，对家庭负责、对党的教育事业无比忠贞、对真理执着求索的“70后”青年马克思主义者。

今天有好消息带给你。贾老师主持的国家社科基金项目成果正式出版了！你们经济法政学院现在的教科研氛围越来越浓，省教学成果奖、省部级以上社科基金项目、省重点教材和专著……数量都在增加。你的团队也更加壮大了，年轻的几个老师都进步很快。听到这些你一定很开心。你念念不忘的就是这些。

孙卫芳知道，学科建设是王强生前最为牵挂的事。这份牵挂，成了一批青年马克思主义学者为之奋斗的方向。

今天，我又一次来到你的墓前，快三年了，我给你写了很多信，也常常去师范学院的纪念馆里祭奠你。虽然有时只是只言片语，但一直把它们当作我的精神家园，也是一直以来我和你交流和倾诉的唯一方式。快三年了，还是害怕别人和我谈及你，害怕有人触及我永远的痛。这座城市、这个家，你无处不在……

春天来了，绿色多了起来。你也许从未想过，你视之为本分的工作，感染了这么多人。作为你的妻子和同行，我唯一能做的，就是在抚养好孩子的同时，继续完成你未竟的事业。在我心里，生命之树常青。

距离王强去世整整972天，孙卫芳写下第167封信……